文学之都
未来诗空

向晚

马累 著

江苏凤凰文艺出版社

图书在版编目（CIP）数据

向晚 / 马累著 . -- 南京 : 江苏凤凰文艺出版社，
2023.1
（文学之都・未来诗空）
ISBN 978-7-5594-7202-1

Ⅰ. ①向… Ⅱ. ①马… Ⅲ. ①诗集 — 中国 — 当代
Ⅳ. ① I227

中国版本图书馆 CIP 数据核字 (2022) 第 183879 号

向　晚

马　累　著

出　版　人	张在健
选题策划	于奎潮　陈　武
责任编辑	王娱瑶
特约编辑	王　萱
责任印制	刘　巍
出版发行	江苏凤凰文艺出版社
	南京市中央路 165 号，邮编：210009
出版社网址	http://www.jswenyi.com
印　　刷	三河市华东印刷有限公司
开　　本	880 毫米 × 1230 毫米　1/32
印　　张	9.75
字　　数	176 千字
版　　次	2023 年 1 月第 1 版
印　　次	2023 年 1 月第 1 次印刷
标准书号	ISBN 978-7-5594-7202-1
定　　价	65.00 元

江苏凤凰文艺版图书凡印刷、装订错误，可向出版社调换，联系电话 025 - 83280257

序：秘密的誓言

庞培

马累是一名虔诚、安静的儒学之子。

可以把马累视为一名儒教在近代遭遇变故、近乎大面积毁绝之后侥幸残留下来的自然之子，是孟子"仁也者，人也"、孔子"人能弘道"之哲学生命民间留存下来的忠诚后裔之一。

他也因此而惶惶不安。他多年来不仅反复抒写，而且身体力行的那些诗篇，总体上透出一种灵魂寻觅而不得、辗转不安的焦虑气息。一条黄河从家门前流过，诗人因此而惴惴不安。

邻县的土地上曾经诞生过《聊斋志异》一书的作者，诗人因此而面带歉疚。多数时候，他的诗是一种痛醒，一种"理"的层面上的抒发，道理之"理"，礼乐之"理"。读他的诗，能听见山东大地上一部《论语》、一部《孟子》在人间流播千年的遥远回响；能领略到一种儒家士子们集体躬行的永恒价值观的微弱精神残余。一阵风把一页残缺的《诗经》吹向了一个人的童年，这名齐鲁大地上的、黄河边长大的孩子因此而成了一名风中的诗人。"有朋自远方来，不亦乐乎？"诗也是那名华夏大地上四海遨游的朋客,当以声情并茂、笙管齐发的礼仪待之。因此,马累的诗好客、清洁而又厚道。他的诗特别厚道。他是一名在大道中写作的诗人,对于当代汉语,有着近乎洁癖的个体审美操守。

他对自己更是严格要求。马累式的严肃、顿悟和钟情在当代诗人群体中一眼就可以辨认。他书写的是新时代语境深处力图自强、重返人间式的醒世诗篇,这是一种久已被湮没的汉语心声,源自《诗经》和春秋时代的中国的旷野。因而,为黄河写了一千四百多首诗(仅仅是我看到的)的作者,其实是一名断简残篇式的诗人。有一点需要大家注意:他是在天地造化的意义上来理解他笔下的乡土,这才造成他笔下长卷式的黄河景观,同时开启了诗人造物的宏大想象。在这些经年累月的漫长书写中,诗人并不避讳自己的缺失、生涩甚至荒唐。诗人将其荒唐、精神性的日常,以一种徐缓如一的节奏呈现在读者面前,如同黄河下游的水面般枯燥、单调而又雄阔,植入我们时代的喧嚣浮夸深处,宛似一股深海中的清流。他饱含激情地言说,甚至大声地吁告,而他面对的听众,却是一度作为其故乡的大面积荒凉乡野,以及那里面的肃杀风声和黄河上的浮冰,那些一年一度随季节而来的各种空旷、芦苇滩、长夜漫漫……诗人的身体,如同一部被风中芦苇握住的久已失传了的经卷,既是启示录式的,又是箴言体的断简残篇。《庄子·大宗师》曰:"以天地为大炉,造化为大冶。"

我们不须引用长达一千四百多首体量的《黄河记》,我们只需记住，吹过这些诗页的山东大地上的风声。那些风自海上来，又向辽阔无垠的大海而去。那是黄河入海口的儒家士子们的风声。在马累诗歌的任何一页上，人们都能够轻易寻觅到诗人声音的统一标识：乡愁。一个没有了故乡的游子正在返乡——

在今天的中国，人们看待一条河流，会流露出怎样的目光？

《世说新语》有一页："王孝伯在京行散，至其弟王睹户侧，问古诗何句为佳？睹思不答。孝伯咏'所遇无故物，焉得不速老？'此句为佳。"

诗人写黄河，黄河为其命定的故物，浩荡无际。诗人视此故物为永远茁壮的生命，永世飞扬的青春。

诗人把活人的目光，重新收拢到汉语的眼眶周围，和世界的眼瞳深处。诗人乌静、漆黑的凝眸，是否如夜空中闪烁的星斗？

诗人对于世界的界定，始终是"有一次""有一次""还有一次"……直至无限。

因而，在后世读者，在未来人们的耳畔，或许会存留下来这样一部分中文诗歌的声音，宛如黄河上每年一度吹过的浩荡的春风。一个人用乡愁写诗，能走多远，不好说。在马累这里，似乎从无半点的踌躇。他开初起步，就十分明快，摆出十分少年的姿态，似乎一下子就跳脱开了各种世俗的羁绊。"诗人，照我看来，都是有誓言的人。诗，就是秘密的誓言。"（杨键语）他欣欣然，跃然前行。他口含此誓言。他实际上是奔着无限而去的。无限的誓言，无限的乡愁，向着无限的人世——此为马累诗歌最醒

3

目品质之所在。

黄河日夜悲愁的眼睛,由此而在现代汉语中睁开,睁大。

而古老的黄河,从少年乡愁的脚下,滚滚而去。

2021 年 3 月 5 日

目录
contents

向晚

卷一　向晚

002 ｜ 向　晚
004 ｜ 晚　霞
006 ｜ 晚　风（1）
008 ｜ 暗行夜路
010 ｜ 黄河边
012 ｜ 冬天的傍晚
014 ｜ 夜空清朗
016 ｜ 夕光落
018 ｜ 星　光（1）
020 ｜ 夜　晚
022 ｜ 夜　行

024	夜　空
026	傍晚的言辞
028	晚　风（2）
030	星　光（2）
031	暮晚的奥义
033	长　夜
035	傍　晚
037	返　乡
039	黄　昏
040	落　日
042	暮　晚
044	幽　暗
045	造　句
046	月　光
048	辛丑冬月十四，夜降大雪

卷二　故乡生生

050	故乡生生
051	故乡黄昏
053	故乡诗篇
055	故乡亲人
057	感　动

058	美好的一天
060	故乡春日
062	即　景
064	应许之地
066	故乡诗章
068	故乡流水
070	黄　河
072	道　路
074	故乡写作（1）
076	故乡写作（2）
078	指　引
080	春风隐秘
082	河　滩
084	忆　往
086	立　秋
088	故乡记忆
090	草　帽
092	缅　怀
094	安　静
096	午　后
097	春风辞
098	端　午
100	清　明

102	二月二
104	微 光
106	热 爱
108	记 忆
110	纪 事
111	清风的画面
113	往事书
115	故乡诗章
116	故乡一日
118	生 活
120	立 春
122	可 能
124	稻草人
126	所 见
127	故乡所见
128	故 乡
130	熹 微
131	深 冬
133	冬 至
135	古渡口

卷三　弥漫与辜负

138	弥　漫
140	纪　念
142	悔　悟
144	方　向
146	梦　见
148	四　月
150	源　头
152	事　物
154	午后的安静
156	砝　码
158	月朗星稀
160	遗　产
162	迷　思
164	陈　述
165	镜　像
167	春　天
169	冬　天
171	限　制
173	十　月
175	感　怀
177	乌　鸦

179	杂章（1）
181	杂章（2）
183	腊月怀远
185	下　午
187	方　向
188	河道上空的乌鸦
190	深　陷
192	在时光里
194	留　白
195	投名状
197	认　知
198	断　章
199	天　鹅
201	午　后
202	谜　团
204	禁　忌
205	大　雪
207	恩　赐
209	愿　望
211	那一年
212	流　逝
214	辜　负
215	计　算

216	渡　桥
217	习　惯
218	三月纪事
220	日　记
222	沉　思
224	秋风将至
226	三　月
227	惊　蛰
229	断　章
230	隆　冬
232	冬日午后
233	黄　河
235	立　秋
237	谷　雨
238	价　值
240	有　寄
242	黄河记
244	北　斗

卷四　磨　镜

246	磨镜（1）
248	磨镜（2）

250	磨镜（3）
252	磨镜（4）
254	磨镜（5）
255	磨镜（6）
257	磨镜（7）
259	磨镜（8）
260	磨镜（9）
262	磨镜（10）
264	磨镜（11）
266	磨镜（12）
268	磨镜（13）
269	磨镜（14）
271	磨镜（15）
273	磨镜（16）
275	磨镜（17）
276	磨镜（18）
278	磨镜（19）

跋

282	马累近期诗歌简论
292	作为精神还乡的诗歌

卷一

向晚

向　晚

夕阳的余晖穿过层层摇曳的
树林，投射到孤独的益母草身上，
直到最终消失。此时，
天地在大气中合拢，慢慢
重叠成一条贯穿古今的细线，
挣脱了所谓的重力。
路边，树和石头内部缓缓
流动的信息，我确信
当我经过时会感知到它们。
我感到前额拂过无名的呼吸，
我在难以觉察的时刻努力顺应内心，
在尘灰色的烟岚中努力辨认
永无止境的生活的蛛丝马迹。
那些一直未曾减轻的希冀，
仿佛一张张从年少时就熟悉到
极致的脸庞——
祖父、祖母、外公、外婆。

他们联系着我,也折磨着我,
仿佛在呼唤一个流浪已久的词语还乡。
我将在持续的夜色中写诗,
记录瞬间的荒野与烟雨,
向遍地的流苏呈现本真的愧疚。
美好、生动的世界图像正在消失,
而我想通过诗歌找回来,
哪怕已被削弱。

晚　霞

晚霞如血，半空中
裂开生活的伤口。大堤
仿佛天上垂下来的鞭子，
人类的生死辛劳拧在其中。
书面体的河水波光粼粼，
像遗失的古琴谱，
揭示某种哲学意义上的穷途。
大部分时候，我在黄河边
想象真理是一种天赋，并试图
透过深夜的萤火看见巨大的
秋天，练习悲伤。
那么多珍贵的事物都在
消逝，就像我们从未真正
保留过一滴雨、一片雪。
我知道善善恶恶，均在修为。
风吹我，其实是在掂量我
内心的东西，那些自我的

经历，自然的气息。
风吹晚暮，短暂、纤细的迷津。
风吹我的理性，为了辨清
即将弥漫在黑暗中的事物。

晚　风（1）

站在暮晚短暂、纤细的
淳亮中，看天井里四季的迷津。
四月的清露，六月的蛙鸣，
一直到九月苦禅的命数。
老屋墙面的颜色愈来愈深，
多少生死辛劳淤积其中。

父亲坐在磨盘前，浮世
就是他吐出的长长的旱烟，
或者暮秋田野里露出地面的
一堆枯骨。有时候也是
未名动物长吟后迎来的
漫漫长夜。

我想问问母亲，和她一起
重温田垄上的出嫁日，以及
生下我的那个清凉的夜晚。

我指尖的风从那时的角落里吹来，
带着光阴漫不经心的
木讷与宁静。

半生将过，仓皇多有翻覆，
可告慰的是，一直遵循着
蔚蓝的力量。晚风轻拂，
送来漫长的悲欣，以及为人的
本义。人间这条羊肠小径，
我在它溢出的爱怜中活着，
河流山川说到底是一味中药，
我用它抚慰苍茫的
诗歌之心。

暗行夜路

有一次暗行夜路，苍茫的
华北平原像极了凡·高的某幅底稿，
上面悬挂着未完成的月亮
和无名的红色浆果。
只是，我再也记不起停车休息时
那个村庄的名字了。
我只记住了银链般的猎户星座，
仿佛我们一直拴在一起，
从未离开过。

有一年深秋，陪几个
南方友人在黄河大堤上坐到深夜，
听见秋刀鱼洄游的声音。
夜色太黑，河水太浑，
看不见它们的样子。
但能想到它们在清凉的河水中
努力睁着眼，拥挤着逆流而上。

仿佛我也在它们中间，
分辨着从水面上透下来的
微弱的星光。仿佛真理的倒影
就在那里。仿佛命运中
应许的东西就在那里。
仿佛一切都可以重返。

大部分时候我们拗不过命运。
而生活，生活中最真的部分
总是在有意无意躲着我。
余生所为，必定是苦苦寻找
那些在童年的脑海里一掠而过的
烈火与大雪、灰烬与清露，
浑黄的河水，铁锈色的杂草。

黄河边

每年夏天的傍晚,
黄河边都会出现云团般的夜蛾。
有时候,孤单的萤火虫
会闯入它们的阵型。
从童年起,我就深深地
记住了那条迥异的弧形灯线,
在雪片一样的蛾翅间螺旋穿行。
那让我无法回神的微弱的光,
如春天钻破冻土带的隐秘树根,
将淡淡的绿芽送出地面。

总是那些在夜色中
熠耀天穹的星辰给予我
写作的原动力。北斗挂在天上,
内心长明的灯盏献给黄河边
守灵的夜晚。
我一次又一次深陷遥远星云的

无边想象，
在黄河边，在大地上。

冬天的傍晚

冬天的傍晚,站在
古渡口遗存的石基上看北斗,
看猎户座星云像密集的萤火虫。
夜空依然像我孩童时深不可测,
寂静像神秘的礼物。
星光熠耀着年代的遗骸,
固执、重叠而亲切。
当年孔子心怀"礼"与"仁"的绝壁,
沿河子行,步履骄矜而痛苦。
一直到杜工部的草堂,
到鲁迅,在同一片星轨中追古抚今,
试图找回世界的原义。
这一切并未腐朽,还在我的
诗歌中慢慢地生长。
我听见林间传来细微的回响,
像某种电波摩擦着空气。
无数细小的物质从天上传导到

地下绵延的冻土带，规避了
诗歌之外的不堪与虚妄，
以及人类认知的障碍。
我吸一口空气，连同它的凛冽。
那些萤火虫般的光
才是构筑世界的基础之本，
其中的轨迹势不可挡，
沁人心脾。

夜空清朗

夜空清朗,如纯诗的质地,
我想从中辨清困扰我的事物的源头。
一直以来,我无法将目光
从那些星宿身上移开,
它们垂直对应着大地上
另外一些隐喻。

我珍惜着黄河边缓慢的月光,
以及被荒草湮没的小路。
来自两者之间的失重感
和更遥远北方的寒冷与雪粒,
让肉身战栗不已。
仿佛它们知道,我的骨头
正在世俗中慢慢变硬。

我想找出那个隐藏着的我,
或者,留给夜空的一部分我,

有时候,那就是神迹。
诗歌的对立面不仅仅是自我的矫情,
有时候也包括技术。

钴蓝色的夜空,水面上
隐秘的漩涡如内心的结痂累积着
理性。欣慰的是,我的理性
在于一直试图辨清弥漫在
夜空中的事物。

夕光落

夕光落到河面上,
像风吹过灰烬而快速显现又熄灭的火光。
在我们无名的一生中会多次看见
暮色将我们包围,
古老的词语在寸草不生的盐碱地上等待。
一代又一代人在时间的棉絮中
紧紧挨着,消失又重现。
而北方地下绵延的冻土带
会在夏天融化一部分,
河水会增加。
我会在夕光消逝前的瞬间里忆史,
怀念那些湮没于星宿间的人们。
在热爱的暮色中变老,保持古老的清醒。
平复后的悲伤凝重而悠长,
旷古的气息让万物清澈,
让我倾向于在写作的过程中被遗忘。
持久的事物如此之少,

写作的谜团却如此之多。
文学不是绕圈的行为,黄河也不是。
它终究会在夕光中流向大地深处,
地平线上苍茫的凛冽。

星 光（1）

每年农历三月中旬的深夜，
那些状如飞梭的黄河刀鱼会遵循着
真理般的路线，在冰冷的
河水中奋力洄游。
书上说，它们的脑子里
有千年不变的磁场的指引。
它们在泥沙中沉默潜行的样子，
像当年孔子领着门徒奔走
在尘土飞扬的道路中间。
当手电筒的光打到河面上，
它们中的某一条会急速地跃出水面，
身上微小的耀眼的鳞
会放大天穹中星辰的反射，
让我从另外一种角度看见了另外一种高度，
死亡之舞，阴影的高度。
这些不安的漫游者
同时让我找到了写作的原动力。

没有必须完成的愿望,
只有古老词语的困窘与迷途,
尤其在面对星光的时候。

夜　晚

很久以前的某个冬夜，
空气中酝酿着暴雪。我经过
华北平原上一个孤独的小村庄，
停车向一户亮着灯的人家要点热水。
年迈的夫妇热情地开门，
重新捅开了早已封好的火炉。
我至今清晰地记得，
当火箸捅入火炉的一瞬间，
无数细小、轻盈，像黑色的绸丝
一样的煤屑顺着灯光的方向
聚拢并向上飘浮，四散在屋的
上空，让我的鼻腔发痒。
温良的火焰像母亲的目光一样
从炉口飘出来。从微蓝到深红，
像我对某首古诗的理解过程。
这些年，我珍藏着这些昂贵的
恩赐，即使它们并未构成我生命中

最决绝的部分。它们只是
我生命过程中的几场雪。
有了,就会留住更多意义,
关于生活,关于要命的写作。

夜 行

一个夏天的后半夜,
沿着黄河边夜行。
我有意放缓车速,
不去惊扰月下的万物。
车灯洞穿前面的黑暗,
道路两侧被倏忽照亮的树,
仿佛一个个背负着沉重秘密的
僧侣在人世的一闪而过。
而远处的玉米地里不间断地渗出
烟雾状的蓝色光团。
哦,有多少年没见过萤火虫的
阵型了,那些童年时代天真无邪的
眼睛,依然在紧盯着我。
在一个宽阔的拐弯处停车,
缓和了一下,吐出了步入中年后
最长的一口浊气。夜在加深,
玻璃上的清露里有百转千回的人世。

当我加速,那些微渺的光团
也在跟随。河水的声音急缓有度,
像那些神秘僧侣一样庇佑着
一个日渐坚定的理想主义
诗人的前程。

夜 空

入夜,梧桐树稠密的叶片上
滴下夜露。月亮宛如祖母
传下来的温润的玉坠。
深不可测的夜空,保留着
我极度渴望的一些东西。
薄雾贴着地面,我同样渴望
它会卷走一些事物,
让我内心原乡之神的心智
更清亮些。这么多年了,
庆幸自己仍未本末倒置,
仍在追求那些被世人淡忘的。
有时我会感觉到自己在
慢慢苏醒。我的灵魂在秘密地
坠落,带着苏醒后的羞涩。
我身上的血液,会因为
深夜的星光而温暖。
对于写作,我是认真的。

如果风中传来击缶声,
传来竹简缓慢断裂的声音,
那些秘密和痛苦。
我确定是夜空中缄默的星辰
让灵魂对美睁开了眼睛。

傍晚的言辞

夕阳西下,火烧云宛如
流动的山脊,验证着我内心
深处被召唤起来的情感,
悬在那里。这些命运赐予的
辽阔痕迹。

我曾经在广袤的天空里
迷路,因为渴望看清世界的
大概模样。我曾经欣慰于河面上
天真的漩涡,因为其中一个
必隐含着真理。

那些零碎的鸦鸣,
让我保持着对堕落的警醒。
因为这些年我并没有
阻止龌龊从生活的腐疮里流出来,
我愧对这傍晚的清凉。

黄河兀自东流,像个久远的
奇迹。我深知写作就是渡劫,
就是在词语的内部与自己
生死诀别。在普遍的傍晚,
我选择相信风中古老的言辞。

晚　风（2）

最近老是梦见童年的麦田，
以及傍晚在低空盘旋的燕子。
而桐枝间的乌鸦执拗、叛逆，
乐于苦行和忘却，像那些
古老词语中隐含的元气，
一次次送来自然的密信，
让我一次次溺于沉默。

黄河水像一堵黄色的泥墙，
回应着谵妄的鸦鸣。在沉默的
临界点，我看见麦田在晚风中
匍匐，形成一幅脉络神秘的
迷宫图。写作的应许，
就在其中。

已不可能从燕子身上
辨认出少年的自己，已不可能

让豌豆开出四十年前的花。
傍晚这个满溢的容器
充盛着痛苦。每一株麦子
都是一个殉道者。

而写一首诗,就是凝视
一次生活的深渊,就是让词语
从犹豫与怀疑中走出来,
不再躲闪。我感到血液
回流时的灼热。在晚风中,
我寂静于这北方的寂静。

星 光（2）

昨夜失眠，窗外星光寂寥，
想起一些朴素的事物。

想起童年院落边枯裂的老榆树，
想起屋檐下缓慢的燕巢，
迎来孤零零的春天。

想起门框上斑驳的对联：
"忠厚传家远，诗书继世长。"

想起母亲在时光中渐渐缩小的过程。
像供奉在堂前的那尊泥菩萨，
越来越黯淡，越来越安静。

想起黄河边的秋天，万类依稀，
内心的蟋蟀清唱着痛苦的诗篇。

暮晚的奥义

我看见父亲,
从黄河边的小菜园里直起身来,
背着手的同时也背着光。
菜畦上新翻出来的碎石
被他随意搭成一座袖珍佛堂的形状。
四野空旷,只有他一个人。
从我的视线直视,他日渐缩小的
身体与按他意愿搭起的
小佛堂之间有一种美妙的弧度,
支撑着某种奥义。
夕阳就要落到举头三尺的高度,
世间万物,水远天穷。
我看见他一个人自言自语,
仿佛在追忆过往的快意,
但痛苦却必须具备麦子花的形状
和益母草的味道。
如果我和他性质相同,

我们就会共存于辽阔的时光隧道。
如果写作是在深渊里垒砌悬崖,
那么生活,就是在阴影里运作光。
就是让广大的暮色清晰一些,
再清晰一些——
为人、为生。

长 夜

多年前的一个长夜,
月光滋生出那么多露水,
把我的鞋子和裤管都打湿了。
风穿过河心洲上茂密的树林,
像一群流星穿过恒星的卦阵。
那最后散尽的光如真理般奢侈,
也让我嫉妒。
我踩到的野草倏忽间又直立起来,
夹杂着土块被踩碎的细微声响。
那是谷雨后的第七个夜晚,
我去看黄河里洄游的刀鱼。
手电筒耿直的光柱打在水面上,
照见它们贴着河面拥挤潜行。
河面仿佛同时被万千把刀剑劈开,
又瞬间融合。
它们一团一团的从光柱下游远。
这些真理的邮差,

憨直的烈士,敏捷如火焰的最顶端,
让我长时间屏住呼吸,
深陷于词语背后的惊悸。
有许多东西,你只能从深夜里
得到它全部的肃穆与孤傲。
比方说,当它们再次回来,
将是白霜遍地的秋天。
它会将万物的葬礼带回大海,
和暴雪的源头。

傍　晚

傍晚走过一个正在拆迁的村子，
看见断壁残垣间有人在烧纸，
说着宽恕不肖子孙之类的话语。
我在一块方形的石碑边坐下，
突然间怔住。
我看见石碑上残破的字迹：
"忠厚传家远，诗书继世长"。
地道的颜体，
在夕阳浑暗的光晕里，
像十个端庄、肃穆、骄傲的故人。
我的心疼了一下，
倏忽间抬头，看远方。
我想扑倒远方那片正在消失的霞光，
并死死地摁住它。
我想从中接回早去的亲人。

我想长生不老,
永远活着,
侍弄一个万古长青的家国。

返 乡

暮色渐浓,大堤斜坡上
枯干的益母草朝着河中心的
方向垂下,露出褐白色的
根部。它们要为即将来临的
黑夜留一点证据,
这类似于诗人的任务,
微言而大义。

一只乌鸦长久地叫着,
像一块生铁坠入青黛色的枯林。
只剩下骨架的稻草人倾向于
苍茫的沉默,
天真,富于野性。
而晚霞,正试图引燃一切。

是的,雪燃烧时伴着
炽烈的心跳,灵魂受罪后

变成孤傲的星光,
我依然处在未完成的位置上。
这些年,我因为
寻找清澈而耽溺了整条黄河。
我沉淀着钴蓝色的痛苦,
在返乡的意念中。

黄 昏

在黄昏,乌鸦的哀鸣
总有它不可言喻的寓意。
我只是惊异于它的耐心与小心翼翼。

在每一个自由无羁、缓缓失去的黄昏,
回望无限空虚的晚霞的时候。

落 日

在大堤上看落日,
看到霞光在河面上逦迤前行,
像一个决绝的老年托钵僧留给
人世的褴褛背影,
我就感到某种蓦然的圆满。
生生地活着,
可以为暮霭准备一首诗,
自如地表达爱与憎。
也可以抛掉满地的金箔,
只追随道与德、正和义。
在看到落日的这一刻,
人世有多少事相关纯粹的本初,
又有多少毫不相关?
但这些并不妨碍我像一截
被雷电击过的断树,
枯死的根死死地抓着大地。
也不妨碍我成为一只

晚风中倔强的乌鸦,
沉溺于内心神秘的秩序:
高天上的白云,大地上的陨石,
中间伫立着痛苦的家乡。

暮 晚

我并非天性悲观。
我曾经对万物有一种
消失殆尽般的热情。
比方现在,
云层间夕阳像晚年的祖父般
无限衰竭。
而树枝上的麻雀,
它们天性太好,仍未
被这个俗世沾染,
仍能轻易地传递彼此的思想。
即使在下雨天,
它们的羽毛浸满雨水的时候,
也并未像我们意识里的
词语一般辗转不安。
我多么渴望那样的心性,
仿若真理来临般恰如其分。

仿若傍晚,
流星的孤寂。

幽　暗

暮晚，风突然大起来，
河心洲上的杨树林发出沉沉的哀鸣。
枝条缠着枝条，树叶卷着树叶。
仿佛当年子路搀着孔丘，
走在鲁国连绵的土路上。
那风中翻扬的衣裾，
如果不是在提示现代人习以为常的遗忘惯性，
就是在悲悼
树根底部日益加深的幽暗。

造　句

忽然想起去年冬天的那个深夜，
我从失眠中再次起身，
看见窗外，
星光与雪光交映成一种神秘的青色，
仿佛是
又一次看见了真理的釉质。

我后来想起如约而至的黎明，
每一步都空前绝后。

月　光

暮晚，空荡荡的大堤上，
看林人弓着腰，孤寂地走在
一天最后的霞光里。

月亮升上来，
巨大、苍白而宁静。

暗影中，杨树、梧桐树上
密密匝匝的鸦巢，
像一座座悬在半空中的小庙。

黄河水兀自流着。
这些年，它带走了多少
平淡但又摄人心魂的秘密，
悲从中来的秘密。

当看林人的背影

越来越模糊,我就会变得越沉默。
我喜欢的场景是一灯如豆,
我最爱:黄河水的孤傲。

辛丑冬月十四,夜降大雪

雪落到大地上,
像一个心怀悬崖的人
走到窗前。

卷 二

故乡生生

故乡生生

小时候，跟在父亲身后，
我亲眼见过被犁铧翻出的
被益母草惨白的根须紧紧缠住的
无名者的遗骨。
父亲会停下来，重新把它们埋入土中，
埋得更深一些，
之后会依旧撒上作物种子。
它们这样就被时光重新保护一次。
它们灵魂的不可毁灭性
和轮回性就会成为真实的麦粒，
在五月开出遍地黄色、白色的麦子花，
像我在日后诵读的诗篇里
微微闪烁的火光。

故乡黄昏

我在黄昏时回到故乡,
经过少年时土夯烟房的地基。
恬静而迷惘的轮廓让我
想起当年烤烟叶的情景:
祖母和母亲将湛绿欲滴的
烟叶系到烟杆上,再由
祖父和父亲挂到烟房里的隔断上。
之后的几天,祖父将守着
火热的炭炉,开始一轮又一轮的
炙烤。直到蒲扇般的烟叶
被蒸去全部的水分,
变成薄薄脆脆的金色巴掌。
祖母和母亲会在某个傍晚
将它们摘下来,平摊到宽广的
打麦场上。那些金色的小巴掌
贪婪地吮吸着湿湿的空气,
慢慢地变软,慢慢地被抚平。

我记着那时母亲小心翼翼的样子，
在被送到收购站之前，
那些全家人的生计。

叙述一件业已消失的事情
真的太难，它考验着回忆的人
漫长的悲欣，以及为人的本义。
比方说，在烟房废弃的那些年，
祖父每天傍晚都会背着手
走上几圈，轻声说着一些
土和碎石才能听懂的话。
我清晰地记得那年大雪，
父亲站在烟房倒塌的山墙边
呼出的那口白气。
漫天的雪花仿佛祖父去世时，
父亲迎空抛撒的纸钱。
人世多么局限，我珍惜每一次
万物在我眼里逗留的痕迹。
那些黏附在灵魂上的，
那些一遍遍穿过我躯体的影子。
大部分时候，我们并不配
拥有那些寂静。

故乡诗篇

我逆着风的方向扔出一粒石子,
看着波纹在春日的河面上一圈圈
扩大、减弱,直至消失。
我感觉那一刻得到了想要的寂静,
如同在夜晚的星光下,
我打开《古诗十九首》
重温有生之年的"行行重行行"。

如今,只有极少的事物
能聚拢我日渐松散的心。
比如来自《诗经》里的鸦鸣,
以及深夜黄河水缓缓流动的声音。
比如远处的树林里埋伏着
丛生的落日,为了和归巢的
乌鸦一起见证星光的隐秘。

内在的秉持让我相信

天空划过的闪电,而流星
必是词语的前提。我仍然需要
像秋刀鱼一样回溯,那冷淡、
荒芜但古老的《诗三百》。
我同时需要时光天真的欺骗性
和一直居于火焰中心的《道德经》。

故乡亲人

就要被疾病和劳作掏空的
父亲,喜欢躺在大堤上无边的
暮色中追古抚今。生活
欲扬先抑,但总会留一个
慷慨的暮年。可以不再妥协,
可以对熟知的愚蠢不再噤声。

很久以来,母亲的愿望
只是田地里的麦子可以像
河滩上的益母草一样健康。
如今她的儿子遵循着客观的尺度,
熬夜写一些高仿的诗歌,
抚慰痛苦的玻璃心。

因为内心的秉持,
我至今依然深陷在"人"里,
保留着最大限度的爱

和最小限度的孤独。
我熟知故乡绵延的悲悯,
那苦寻的向度,心灵的司南。

感　动

如今经常感动于一些
具象的图案。比如杨键画的钵，
第一眼就想到了黄河边
乡村墓园里那些固执的土坟。
而他画的芒鞋，仿佛河面上
摆渡的木船从中间被截开，
扔到河滩上孤独的夕阳里。

我同样深陷于晚秋的浓雾
在窗玻璃上形成的雾晕，以及
打开灯光的一刻，两者
相遇时产生的寂静的奥妙。

我接受来自那些事物的反光。
我的痛苦对应着它们的清晰。

美好的一天

多么美好的一天,
河面寂静,林梢上传来
乌鸦的鸣叫。它们总是沿着
神秘的曲线飞行,迅疾地
穿过枝丛。我准备了无穷的
想象,想留住这美好的一天。
我的想象中弥漫着不同寻常的美。
关于祖母、外祖母和母亲,
关于她们为我缝制的肚兜、小褂
和灯芯绒布鞋。关于人世间
无法捉摸的疼和纪念。
如今她们在另一个时间维度
养蚕,吐人间的丝,
养狗,看人间的门,
养牛和马,耕人间的田。
多么美好的一天,黄河水未见增减。
远方因为密集的线条而模糊不清。

那是产生海市蜃楼的地方,
像我珍藏的那些老旧的底片。
那上面古老的犁铧和木制独轮车,
只走斜斜的直线。
美好的一天,月亮将从西边升起,
月光会照着记忆隐隐的轮廓。
而记忆,就是月光穿过乌云
落到万物身上。就是那只
年轻的乌鸦在反哺,
在描绘真理的模样。
就是蜡油滴在心上,形成
厚厚的脂层,永远也无法拭去。

故乡春日

春日下午坐在黄河大堤上,
进入充满奇迹的童真时刻。
乌鸦在树梢间交叉飞行,
长着细齿的榆树叶子闪着金光,
外婆戴着斗笠从菜园里慢慢走来。
春日安静如我的心,如我打盹时的幻觉。
外婆在喂鸡,鸡在下蛋。
碎玻璃在地上闪着孤独的光。
记忆如废墟,散发着迷人的美。
阳光照着拐了一个大弯的河道,
像是给记忆一个缓和的时辰。
但除了外婆,我什么也看不到。
空气中饱含人伦的沉重
与清澈,以及动荡的命运。
一直以来,我感觉到她对我的庇护,
来自另一个更深的维度,
像暗流庇护着无名的水生植物。

人世总是被一种缓慢的被迫下压的力
牵引着，一代又一代，
其间的过渡悲伤又迷人。
诗歌所能呈现的可能性是有限的，
但无比珍贵。此时的安静，
河边的万物都是投映自我的
参照物。我不想迷失，
在这浮世上。

即 景

牧羊人头枕在弯曲的胳膊上,
草笠盖着脸,在阳光下小睡。
羊四散在大堤的斜坡上,
三三两两,寻找石缝间的盐。
一切似乎刚刚好的样子,
不久之后,乌鸦的叫声
将带着天空的隐秘碎裂在河面上。

年迈的老艄公在废弃的
渡口边割草,清理着被碎石
和泥沙覆盖的腐朽的木枕。
他起身后一直盯着河面,
人在失去某些重要的东西时
总会变得脆弱而哲学。

一直庆幸保留着童年般的
接纳和敏感,即使不能用来

纪念一个业已逝去的年代。
一直等到地平线上西沉的余晖
染透了云朵，如梦中耸立的山峦。

有多少无限的事物埋在那里，
就有多少个词语在《诗经》中等待。
沉默，沉默地生活。当我努力
保持灵魂的形状，我就是
灵魂的一部分。

应许之地

陪父亲从夕阳中回家,
黄河河面上浓雾弥漫。
河滩上枯萎的益母草和山毛榉
从雾气中露出来,身上缀满
深秋的白霜。

我知道,真理往往以一种
并不期然的方式出现。比方
灯光下母亲看我时浑浊的
眼神里最柔软的部分,
父亲对族谱的迷恋与深究。
他必须找出那条清晰的线路,
这预示着最确切的安心与坦然。
而生活就是这么递进的,
只是我忽视了隐匿其中的光。

钴蓝色的夜空在下垂,

像我的迷惘在升级。
钴蓝色的星光在流逝，
像我的痛苦渐渐清晰。
北斗的勺阵、金牛座迷人的三角，
飞马座围绕着某个神秘的中心。
星光的指引有多么安静，
我的写作就有多么痛苦。

故乡诗章

有一次发烧,迷迷糊糊
感觉自己写出了伟大的诗章。
关于黄河,关于河边孤寂的村庄,
村庄里孤零零的父亲、母亲,
他们憨直的勇气与牺牲。
而将他们像钉子一样钉在那里的,
就是诗章的理性和光芒。

当清醒时,我知道
我的堕落并非源于日常,
而仅仅来自我对日常生活的认知,
以及对诗歌不朽性的企图。
这形而上的焦虑,这肉身
与灵魂的双重黏滞,
造就了我愚蠢而现实的诗句。

我明晰自己的本分,

这些年支离破碎的论断，
以及泛滥的感情对词语的冒犯。
我忧心的是内心世界的偏移，
是童年写在墙壁上的字被雨水冲去，
是一段失落的年代不再
被刻意地寻找，是彼时的星光，
在为今天的大地赎罪。

我坚信那些形而上的永恒的秩序，
如同黄河日复一日留在
我内心的神秘印记。
在黄河边，与万物命运交织，
并在相互渗透中写下
令我困扰、着迷的诗歌。

故乡流水

我了解黄河下游沿岸
村庄里古老的巫术,其实
仅仅出自尘世间最直接的因果。
不是巧合,也并非偶然,
也许恰恰对应着天真的隐喻。

命运只是一种事物,
类似于他者的逼视和自我的
揭露。当我想借助写作
拓展它的广度与深度,
有某种事物在树林深处
微光闪闪,提示我的诗歌
证据不足。

提示我,大地上会升起
迷雾,乌鸦依旧在荒谬中嘶鸣,
秋天还是秋天。我应该

遵循那无形的界线,回到
无形而宽仁的事物中去。
我需要作证,沛然如流水,
孤傲如稻草人的隐秘。

黄　河

黄河到了下游倾向于节制，
不存侥幸，不思安慰。
两岸万千风物，"生其水土
而知其人心，安其教训
而服习其道。"①

河滩上孤零零的稻草人，
从不打算向世界解释什么。
它的骨骼里储存着古老的记忆，
它有限的简洁与隐晦，
重现着对真理的迷恋。
它站着，以证据的形式，
抑或就是证据。

那只闪着黑绸缎光泽的乌鸦，

---

① 出自《左传》。

早已看透了我的存在。
它此刻不语,仿佛是替谁
在原谅我。它睥睨我时的孤傲
让我安静。

只有时间会舒缓生存的矛盾,
这文学的余晖。只有文学,
会收下我们虚与委蛇的尸体,
这忧伤的怀疑。

道 路

父亲坐在院子里,
石桌上摆满了老照片。
他拿着放大镜,
一张一张反复仔细地端详,
生怕漏过一丝细节。
对我和弟弟的照片他看得最长久,
也最不舍。
我把泡好的茶端给他,
秋风如凉水般清净,
夹带着母亲诵经的声音。
尘世翻转成另外一个样子,
仿佛空气中有座桥,
连接着《诗经》,或者陶渊明的斗笠。
茶杯里轻轻晃动的光晕,
形成另一个袖珍的幽深的故乡。
茉莉叶浮在表面上,
而佛塔和祠堂立在水下。

一部时光的家谱,随着父亲
喉头的翕动,
在渐凉的茶杯中寻找着道路。
这是我喜欢的所有若有所思的
下午的其中一个,
仿佛整个人间都在看着我。

故乡写作（1）

一个人面对万物是可能的，
面对词语是另外的可能。
为了抵达它们的背面，
我经历了千山万水。

爱默生说："防备良心谴责的
盾牌就是普遍的习俗。"
而诗歌将颠覆我们的经验，
只有诗人的喜悦由孤寂所赐，
只有诗人将词语写成了安静的碑文。

写作就是从自己的血液中
透析出生活的平庸，并重新
让它散发出稀有的光芒。
写作就是重铸天真的通天塔。

天幕间遥远的星辰，

大地上绵延的道路。
万物的表象同质于词语的表象。
我的诗歌是唐突的,
让一些人羞愧、生厌,
这是我写作的动力。

故乡写作（2）

一直以来，我对贯穿
生活的欲望保持着节俭。

我在黄河边的村庄里长大，
习惯了空气中锈蚀的铁轨的气息。

大地深处孤傲的冻土带像
另一部《增广贤文》，冷冷地
储存着人世的至理。

从泥沙的漩涡中参悟人世的表象，
在遍地的鸦鸣中寻找美，
在豌豆花枯萎的秋天写下诗歌。

写作的奥义在于废黜腐朽的肉身，
让字和词说话，
让蔑视重新变得理直气壮。

我从未想过要打败时间，
只想通过词语打败自己
那文学的癫狂。

在这条大河边铤而走险，
向诗歌索要真理的谜底。

指 引

黄河下游的春天多小雨
和薄雾。小雨像神一样从
早晨开始降临,而薄雾就是
神带来的运气。薄雾中,
树林像一群替世人忏悔的僧侣,
安静于广大的秩序。
我听见林中传来精确的
鸦鸣,像隐藏在内心深处的
秘密回响。我们曾在儿时
签下思而不贰的盟约。
但这些年,我掩耳盗铃已久,
形迹可疑已久。我实在是
耽于坐地成丘的勇气与决心。
我做梦都想变回初生的
婴儿,在万物与细雨中重新生长。
诗歌如果不是暗示,就是
一个应许的愿。就是

黄河下游的春天,村庄里
升起薄而直的炊烟。
那些昂贵的命数啊,神秘的
塔尖,指引我至今。

春风隐秘

风隐秘而又安静地穿过树林,
穿过树杈间鸦巢的缝隙,
穿过老乌鸦肚子上柔软的绒毛。

哦,温暖的老乌鸦,
它在春风中等待孩子们衔来
新鲜昆虫的样子,像真理
在等待另一个真理。

我坐在大堤的高处回忆。
青青草丛的底部,蚂蚱们
在缓慢地复活。我感到肉体的
温度在升高,血液里细胞
在神秘地合唱。

一个人记忆中的图像
总是迥异于现实的呈现。

比如我渴望的生活并不是逼真,
而是在缓慢褪色的光线中
凝视世界的轮廓,以及
它背后被遮蔽的部分。

我有苦修的愿望,
我有重写儿时炊烟暮云的愿望。
我视杜甫为写作的源泉,
在黄河边立德、澄怀、明道,
重构春风与秋月。

河　滩

苍茫的河滩上生长着
倔强的益母草、蒲公英,
树干上挂着清凉的蝉蜕。

一粒泥沙微弱的反光中
走着久远年代的士兵、脚夫、
摆渡人和困窘的农民。

月光透过树枝洒下来,
丝丝缕缕的清辉,仿佛古人
从纷繁的竹简中投来同情的一瞥。

有一年深秋,野火引燃了
大半个树林,噼啪声传出很远,
像一阵突如其来的鞭炮声。

火焰亘古上扬,而灰烬

沉于河底。我的诗歌倾向于
描述生活中无处不在的异象。

河边的万物,赐给我保持
清白的勇气。我冥思苦想的诗句,
微微泛白,散发出夜露的光泽。

忆 往

想起小时候的夜晚,一个人
藏在厨房里,偷偷地擦亮火柴。
一瞬间的光亮,那么奢侈,
仿佛第一次读《诗经》时
汲取到的元气。那原生的
力量,心中未曾改变的执念,
一直在那里。

想起小时候生病,祖母
抱着我,不停地在我的掌心
画着神秘的符号,同时
说着一些我至今仍未了悟的
话语。一直到现在,
我时常沉浸在那神秘的氛围中,
诗歌的种子从未消失。

肉身的心脏与灵魂的心脏

区别在于：我总能听见某种
巨大的声音在愧疚中撞击着虚妄。
人要回到自己本身，
真正的词语也会回来。
像小时候炊烟里的暮云，
像诗。

立 秋

夕阳即将坠入河道时,
在水面上留下一道道金色的
波线,之后像童年的
绿皮火车隐入隧道时那样
消失不见。

从平原上空飘来的暮云
与从土地深处固执的冻土带中
散发出来的清冷的气息
在黄河上空相遇,像《诗经》
与"三吏""三别"的对话。

我期待过多少次类似的
时刻,光汇入我喜爱的事物
深处,一条孤独的大河
在立秋日向世人送来北方的
寂静。那隐秘的正源,

孤傲的伫立。孤傲地睥睨着
我们这些不肖之人。

故乡记忆

想起儿时,邻居铁匠
将焠红的锻铁从炉火中夹出,
迅疾地扔进水桶。白色的
水蒸气和瞬间变黑的铁
形成让我铭记一生的抽象
画面,仿佛其中有延续
真知的路径。

曾经很多次站在大堤上,
聆听黄河里泥泞的冰凌
碎裂时的声音。也曾
在很多个傍晚逆流而上,
向夕阳索要理性的天光,
直到猎户座送来钴蓝色的暗影。

如果不是记忆带来更为
耿直的意义,我也不会在

疲惫的中年看见那些穿越年代
而提前醒来的人，穿过
众人的藩篱。夕阳稠密，
但并不惊扰世界，
它只引领迷惘的灯光。

草 帽

想起小时候的一个下午,
和母亲去刈后的麦地拾穗。
当我们累了,直身准备去喝水的时候,
一阵疾风吹落了母亲头上的草帽。
在宽广无边的麦田里,
它像我喜欢黄昏时滚的铁环一样,
直立着,急速地奔跑。
我跟在后面追,母亲急切地喊我,
担心会跌倒。
而天边,奇异的
五颜六色的云彩变幻着不同的形状,
让我第一次体会到祥云的含义。
那一天的风多么炽烈,
仿佛要把草帽送到天边去。
当我还远没有成为一个诗人,
我至今记得,
彼时天地间的修辞接近原形。

我在母亲的关切声中持续地追逐,
像追逐一个梦。
成年后的我有过
许多次落荒而逃的经历。
当我在星光下向着故乡的方向奔跑,
我如果不是在追赶那只孤独的草帽,
我就不会在诗歌里
流下黯然神伤的眼泪。

缅 怀

最近老是想起小时候，
陪母亲到黄河滩上那些
沉淀了许久的水洼边洗衣服。
母亲戴着硕大的斗笠，
我和弟弟在不远处捉水里的小青鱼。

那时候，河道上面的天空
像青花瓷一样干净，
像一颗圆圆的灵魂倒扣在大地上。

那时候，大铁闸不停地
被人们提起、落下，
棉花就在日头下绽开了。

那时候，我们玩累了，
就躺在河滩上盯着远远的村庄，
等待祖母的炊烟像旗杆一样竖起来。

那时候，人们的心软软的，
水面真的如镜。
阳光洒下来，像面粉扑在脸上。
那时的粮食饱含梦和信仰的质地。

安 静

枯水期的河床上,
那些紧紧挨着的小沙丘,
像我们久未相见的兄弟。

在时间不能割断的秋风中,
那些榆树、杨树像大地的卫兵。

当有一年,我走在一条路上,
看见从天而降的秋霜覆盖了
黄河两岸辽阔的原野。
我看见火车载着清澈的祖国,
炉火边疲乏的人们睡了。

我渴求最浅显的真知,
如同感受最清晰的疼痛。
那些匿名的愧疚和耻辱,
那些未经粉饰的的词语。

我终究要为自己偏执的爱付出代价。
当生命在废弃和空寂中流逝，
我并不比谁更悲伤。
我生活，只是比别人更安静。

午 后

午后小寐,恍惚间看见
母亲从屋内走向院子。
阳光像母鸡翅膀下最柔软的部分,
也类似于母亲的脚步。
醒来,一切不过是虚幻。

直到现在我才明白,
只有痛苦才能让心变得柔软与高贵。
而生活,不过是另外一个
更加坚硬的壳。

整个秋天,
我都强忍着眼里的泪,
如此漫长地沉溺于某个或许
确定的场景。

春风辞

那个暖洋洋的春日下午,
我仿佛在废弃的浮桥边睡着了。
我仿佛做了一个短梦,
梦中年迈的双亲,
手牵手走在人生的暮年。

一年一度,我总是深陷
个体的抑郁症而妄自菲薄,
我总是背对痛苦的家乡泪如雨下。

我接受父亲的絮叨、母亲的白发
和他们即将来临的老年痴呆。
就让我再一次接受野火、春风,
黄河上早已塌陷的渡桥。

只有这些,
尚能暂时平息内心的喧哗。

端　午

还未到端午，
母亲就开始整理那些艾草。
她将它们剪齐，捆成麻花辫的形状，
然后用细草绳扎紧，
督促父亲送到城里来，
挂到我家门上。

有些气味会截断我的记忆，
像一把利刃，
比如这些艾草，以及它隐秘的象征。
我接受它的过程也是心
被时光缓慢宽恕的过程。

当一段时光蒙患心疾，
并久治不愈，
是母亲送来宿命的阐释。
我是说，

那些孤傲的艾草多像某个受难的人，
挂在那里，
以它自己的方式为我们招魂。

当时间别有用心地
消磨着我某些真诚的感觉，
并馈之于泡沫般的浅薄。
我只有再写一首忘我的诗，
献给母亲和夜色中正在消隐的晚霞，
也献给内心经久的羞愧。

清　明

我从遥远的地方回来，
陪父亲祭祀祖先。
在狭长的乡村墓园里，
我们一次次陷入微妙的沉默。
不远处的河面反射着大面积的白光，
对应着隐藏在树林里的乌鸦。
我能够猜到的
剥落仅限于时间的剥落。
太多的纪念碑指向歧义，
也混淆了傍晚将出现在墓园
上空的点点萤火。
这些年，我经历了太多人世的妄谈，
而父亲在真实地衰老。
我看着他在石碑前洒下自酿的酒水，
点燃痛苦的纸钱。
我看见灰烬上升，决绝而留恋。
多少世俗之愿被无端拆解，

变成时光中最为薄弱的一环。
在我们离开的一刻，
乌鸦开始歌唱，天上落下细雨。
晦暗，且意味深长。

二月二

二月二，龙抬头，
母亲又在乡下翻炒青豆。
从来都是这样，
风俗只与年迈的母亲有关。
我能听见树枝在灶膛里燃烧的声音，
与母亲的生命何其相似。

朋友圈中，
微信如雪片般加厚。
有人双手合十渡苦厄，
有人写晦涩的诗。
这一天阳光如此细碎，
路边的塔松满树金针，
如消逝于我们记忆中的那些星星。

这一天的最后，
是夕阳将一切削减至静默。

当我并没有看见抬头的龙,
深深的晚霞中,我看见的是母亲的脸。
最好的场景是吃母亲炒的青豆,
最好的真理是朴素,
和水落石出。

微 光

线条般的酒水在
清风中散落,一扎黄纸
也化为灰烬。这些年
在生与死之间翻动火苗的
总是父亲。
黑色小花在石碑间飞舞,
宛若蜕变之后的梁山伯与祝英台。
这人世的长链,如真理般
不容侵犯。
我凝神,狭长的墓园,
顺着黄河的流向而蜿蜒,
也在聚集。我再一次感到
痛苦的重量,倔强的北斗
一生也不挪动位置。
这是我人世间的第四十个清明,
柳条初绿,提示我

再写一篇蚯蚓般的诗歌，
回应高天上点点滴滴的微光。

热 爱

早春将过，
河道中冰凌不可遏制地融化。
我坐在大堤上，感受一个
古老季节的痛苦被如此轻盈地释放。
这物理的、几乎不可逆的递进，
如一首诗，刚刚被完成
便沉溺于不可知的苍茫。

我曾在多少个相同的春日
构思过真理嬗变的过程。
它起初总像冬天绷紧的漫天大雪，
覆盖炽烈的少年和火红的青春。
它使我的思想越来越粗糙，
骨骼越来越坚硬。
形同河道中的芦苇，
总是隐藏在水下的看不见的
部分支撑着整个世界。

这就是我想说的秘密:
一年一度的流逝。在气温中不断腐烂的
也在内心缓慢地聚集。
几代人的信仰才能引领一群流星?
高天上垂下来看不见的微光,
连接着我们身上最痛苦的部分。

记　忆

在我的记忆中，
最深刻的应该是那个黄昏。
我从远方归来，经过自家的麦地。
在烟霭弥漫的空荡荡的晚霞中，
我看见戴着斗笠的母亲
缓缓直身时的侧影。
一瞬间，我饥肠辘辘，
看见了母亲。

很多个深夜，万籁俱寂，
当我的脑子里一片混沌，
再也写不下去的时候，
我就会想起那个场景。
我的词语如此清晰而生硬，
与这喧嚣的人世强烈地反差。
仿佛痛苦和爱，

总是走到无以复加的地步,
才会变成一首平静的诗。

纪　事

想起大约八岁那年的一天，
我急匆匆地去给在田间
劳作的母亲送午饭。
在绕道穿过树林的时候，
不小心碰碎了提着的瓦罐，
祖母熬的小米粥洒了一地。
我沮丧地坐在那里，
一直到小米粥凝结。
我终生都记得那一刻阳光
穿过密密匝匝的树枝，
落在那一摊不规则的橙黄上，
就像落在我的命运上。
如今三十多年了，我感觉
我的灵魂一直留在那里。
我接受来自尘世汹涌的愧疚
也是为了让那一刻更安静，
不带一丝伪证。

清风的画面

我一直在努力地回味
小时候拽着妈妈的衣襟,
在麦田浇水时的情景。

画面一遍又一遍地闪现:
浑浊的黄河水从初夏的麦田缓缓漫过。
有时是上午,
有时是月色微明的下半夜。

那时的我曾经想过什么?
肯定不包括灵魂的暗物质
和成年后的凶险。

哦,怎么可能没有另一个世界?
怎么可能没有另一条黄河?
这人间万千烟火,
虽然来不及解释,却依然教育了我。

我已经深深地楔入这尘世，
我一直在等待一缕清风，
我同时准备好了相伴时的
哀伤和告别时的勇气。

往事书

想起七岁那年夏天的某个午夜，
我跟着母亲坐在田垄边，
焦急地等待着水的到来。
那年干旱来得太迅疾，
那么大的黄河，那么多的水，
一夜之间便干了，露出了褐色的河床。
满地的玉米秧开始挣扎着枯萎，
触目惊心。
我至今深溺于那种植物才有的悲伤，
连着我童年的世界，
在凋敝中，那灰烬般的信息。
我至今记得，接到上游放水的通知，
全村人都跑到田地边等着。
从中午一直到傍晚，从傍晚一直到午夜，
所有人都在静静地等待。
我靠在母亲身边，在近乎折磨的安静中，
看见母亲的眼睛，

像夜空中凌乱的星辰,坚定而悲伤。
接近凌晨的时候,水终于来了。
但那时我已经睡着,
在干裂的泥土的气息中。

故乡诗章

在我的家乡,
老人们去世的时候,
晚辈们会扎很多金元宝、银元宝,
平铺在向西的路上,
戏班子长时间地吹奏《欢喜歌》。
起灵一般在黄昏时分,
西天上落霞稀疏、斑驳,
仿佛他们生前喝过的茶水。

我们并不缺乏肉体的忧伤,
我们缺乏的是那种来自灵魂深处的
凝重与缄默。
我们的诗歌并不缺乏技巧,
欠缺的永远是
对真实生活痛苦地反刍。

故乡一日

中午时分,陪母亲
从集市上回家,将篮子里的
烂菜叶扔到鸡舍里。父亲
和几个老人在厢房里商议续谱的
事情,我找个板凳坐下。
马上就要过年了,
空气中弥漫的火药味让我恍惚。
在阳光下眯眼,
努力保持事物普遍的差异性。
院子里巨大的梧桐树上,
三个细致而斑驳的鸦巢,
像台风末期三个溃败的气旋,
但仿佛仍有无穷的力量压在那儿,
蓄势待发。
我翻开陈年的家谱,
无数名字像从树上遗落的鸦羽。
但当它们像铁砧一样压向

愧窘的生活的时候，承受它的，
就是写作的根源。
当我深陷故乡，
沉浮在雾一般的风暴里，
风暴安静的中心。

生 活

父亲坐在长凳上,
不时地在鞋底敲打挚爱的铜烟锅。
他喜欢将我送他的香烟一根根拆开,
把烟丝放在窗台上
晾晒几日后再放入烟锅。
而我喜欢看他眯着眼,
沉浸在酽酽的烟圈里,
无限苍茫的脸上涌动着难以觉察的
隐秘欢乐,安静、满足。
我知道,在这座黝黯的老房子里,
只有他和一直在厨房忙活的
母亲达到了某种意义上的自由与无畏。
他们早已活成了山水的样子,
不再刻意。
如果不是这些无以言明的蛛丝马迹
秘密地授予我写作的孤傲,
我就不会沿着某种神秘而特定的顺序,

一遍遍地爱着这个尘世。
此刻的安静,无辜的场景,
以及可以体会的谶语,
教会我不被击溃,不逃遁,
并人性地去生活。

立 春

立春日，陪父亲去给菜园施肥。
那些零星的菜地散布在黄河边的滩涂上，
大部分都呈不规则状，
像极了两岸的那些村庄。
大大小小的黄泥坯房子，
没有名字的溪流，
混乱的力量中隐藏着缄默的热忱与理智。
父亲说，有时候晚上坐在菜地边抽烟，
看着天上的星星，
就能听见青菜在土地里生长的声音。
我能想象到那种细微的沙沙声，
类似于河道里泥沙与泥沙的摩擦声，
静悄悄的，从不打扰人类。
而这些，又多么像父亲，
一生都在这条大河边作茧自缚，
从不勘证前途和命运。
其实，他才是真实的，

而我，追求的不过是世界的虚像。
这么多年，流于表面
的生活如同嚼蜡般转瞬而过，
灵与肉如脱了线的风筝。
局部的不堪之后，
手里并没有握住多少有用的东西。
远处密林里那些乌鸦嘎嘎叫着，
不知道它们在交换什么。
但我太了解人类，
永远不会主动地去思考自身的问题，
却喜欢将一切归结为无用之用。
当世间的一切被下午的阳光无限拉长，
父亲在脚底敲打烟锅的时候，
我开始倾慕黄河边弥望的荒凉。
菜园边益母草枯干的茎在冷风中摇摆。
不久之后，
它们又将抽出嫩芽，
一如既往地，
固执地单恋着孤傲的星光。

可 能

陪父亲去菜园浇水，
抽水泵突突的声音和谐而温良。
冰凉的黄河水缓缓没过菜地，
形成类似抛物线般的图案，
神奇而有趣。
我们聊到凝重的黄河。
父亲不知道，多年以前，
这条大河已被我镌刻到体内，
并形成铁轨的形状，
那上面隐隐的血迹，
好像一朵朵古老的莲花。
这是我写作的隐秘，
好比生活中，我只倾向于
沉默的极少数。
我看着父亲弯腰合上田垄，
再掘开另一垄。
黑色的胶鞋与黄色的河水形成

一幅具体的画面。

我知道，

那在濡湿的土壤里宁静守候的，

一定是我钟爱的词语。

如果诗歌是一种可能，

我放弃所有的不可能。

稻草人

黄昏时我和父亲
将稻草人运到黄河边的菜园里,
像往年一样扎好。
立春后的天气依然干冷,
但父亲的额头渗出了细密的汗珠。

我们聊起了祖父和祖母。
父亲的手艺就是他们传下来的。
如今他们在星光里,
我们在大地上。
虽然拥有各自不同的宇宙,
但却保有如出一辙的灵魂。

夕阳仍未落尽,
寂静的树林里传来乌鸦殉道般的叫声。
我感到心骤然紧了一下,
旋即又松了下来。

其实我并没有明白更多,
我只是仿佛更坚定了一些。

如果我的眼神凄烈,
那是因为看到太多的世故。
如果说到根源,
那就是凝视星光时的心绞痛。

所 见

天色暗下来,
黄河两岸边的村子里渐渐有了灯火。
那些透光的窗户像是一些闪亮的箔片,
在树影里若隐若现。
这人世有太多不被人知的秘密,
它们有条不紊、相互链接。
它们坚硬如核桃,
柔软如母亲刚弹完的棉花。
它们共同组成人世的
轮廓,本真与初衷。

故乡所见

有一年,在黄河
南岸的一个墓穴里,
出土过两只
锈在一起的铁笛。

后来我在博物馆的
橱窗里看见它们,
像两个老友,也像一对恋人。

哦,也像孔孟
身上的两根肋骨。
像两部坚定而温柔的失传的经书,
终见天日。

我想象中的延续
不带任何肉质,只关乎
风骨。

故 乡

黄河两岸,那些
在雾气中劳作的人,
像纸片一样飘来飘去。
我看见母亲弯腰,
又直身。

树杈间那只老乌鸦,
仿佛正眯着眼凝视我,
用它短暂而固执的一生。
被命运抛在这里的,
除了泥沙,还有霜迹里
破碎的鸦鸣。

想起儿时打的水漂,
瓦片在河面上跳跃。
直到现在,我都觉得
那时我投掷瓦片的力

和水面支撑的力
依然没有消失。

我看见母亲,走过
零碎的田垄。我不敢
开口。仿佛一说话,
一个时代就会过去。

仿佛古老的词语,
交叉着纠缠在一起,
每天都会送来盐粒和惩罚。

熹 微

在雨后熹微的
晨光中醒来,惊异于
某种空无的力量。
想起了母亲的脸,
菩萨的脸。

整整一个早晨,
我都在用灵魂的心
阅读肉体的心。

我多么焦虑,生怕
有一天会忘却那曾经
接连着脐带的恩情。

深 冬

又是深冬了,
黄河大堤的斜坡上,
野蜀葵、紫穗槐的叶子都该落光了。
只剩下那些灰白的茎条,
在凄冷的风中突兀地颤动着,
像祖父晚年头上稀疏而枯腻的白发,
提供给我古老而新鲜的写作经验。

又是深冬了,
河水在冰面下孤独地涌流。
想起儿时大雪封门,
想起儿时屋顶鸽哨的声音,
想起儿时窗玻璃上寂寞的霜花。

霜花中有一条黄河,
有一个鲁中平原,
有一只凛冽的苦蝉。

有一个潜在的自我在秘密地苦修,
在深冬的夜晚,凝视星光。

冬 至

今日冬至,
房内暖气愈加旺盛。
午间小寐,
恍惚间听见母亲喊我:
记得晚上回家吃饺子。

醒来,
房内并无任何人。
窗外仍阴,
天空仿佛在酝酿一场暴雪。
我感觉体内似有一股气流欲出,
连绵。

念及昨晚,
在黄河边看河水冰化的过程,
我追寻一世的夜空与星光仿佛要倒扣下来。
多么庆幸,

它们从未将我遗弃。

念及更久远的事物和父母的苍老,
这真理的两极如芒刺在背。
猛然间,
已到知圣知耻的年纪。

再看窗外,
北风幽幽,万物晦暗。
这样也好,可以再写一首朗朗的诗,
可以一起等待
词语里的暴雪和星光。

古渡口

冬天的黄河干干净净,
像一个苦灵魂。

树杈间机警的乌鸦,
向河面的冰凌铺陈所有的
可能性,从未背叛过
自己的理智。

有时候,我最想做的
事情是,沿着蜿蜒的河道
追赶落日。我渴望
血一般的光芒弥漫终生。

要写出多么悲恸的诗,
才能配得上废弃多年的
古渡口?午夜的星光,
那最美的美学指向。

个别的、孤傲的、不为人知的
流逝主宰着我。
古渡口的痛苦庇护我前行。

卷 三

弥漫与辜负

弥　漫

有一些瞬间真的从未失去，
我们活着，只为配合一些事情
重新发生。

某个浓雾弥漫的早晨，
父亲骑着车，弟弟坐在前面的
车梁上，我坐在父亲后面。

我们像一团陈年的整体的
麦秸垛，穿行在深秋浓密的玉米田
环绕的乡野小路上。

我们额前的头发、眉毛都被
雾气打湿了。一直以来，
仿佛就是那些将坠未坠的

小水珠迫使我垂下孤傲的目光。

一直到现在,浓雾并未散去,
而是愈来愈重,弥漫在我心里。

半生的迷津,会在某个
瞬间的点上顿悟。那些越来
越模糊的,那些神迹。

纪 念

乌鸦归巢时,夕光像
某种惯常的折中主义被树林割破,
支离破碎。

能让我遁形的,
除了字与词的羞辱,还有
泛着金光的河面。

实际上,只有长堤、砾石、
泥沙和乌鸦构成了黄河。
人不过是行使幻觉与想象的工具。

有多少人喝着黄河水死去,
就有多少人喝着黄河水生来。
那些深埋地下的铜镜,不见光时
吸收着世界,见到光时释放着世界。

从生到死的往复与循环，
提示着诗歌的严峻与有效。
要允许老旧的逻辑起老旧的作用，
要允许在一首诗中纪念自己的灵魂与肉身。

悔 悟

有很多次,想起父亲
凝视黄河时目光的清默,
以及偶尔噙满的泪水。
年少时不懂生活的重,
成年后心里充满了悔悟。
大面积的悔悟淤在那里,
像急速涌到眼前的星团。
那些总能让我安静的事物,
我却叫不出它的名字。

生活像电影一样传过来,
让我欲罢不能。
我着迷的是一棵老榆树的
弧形投影;枯水期时,
露出河面的石头上无名的凹槽,
以及槽中水晒干后的痕迹;
还有,冷风中纠缠在一起的

益母草锈黄的叶片。
这些，都能带给我长久的
敬意与震撼。

如今我无力阻止父亲的衰老，
我只想留住脑海中炊烟一样缥缈的童年，
我会继承父亲的泪水。
当我闭上眼，再睁开，
我沉浸于往事迅速黯淡，
又迅速曝光时的匆匆快意。

方 向

想起年少时养的鸽子,
每次放飞后都能丝毫不差地
回到檐下的鸽笼。
还有那窝不知换了几茬的
燕子,总会穿过三月清凉的
风和雨,明示着故园的意义。

每次大水过后,黄河滩
都像一幅狂欢后无序的抽象画,
透着极端的美,
鱼鳞状的沙条仿佛父亲的肋骨。

秋天的傍晚,成群的
乌鸦盯着晚霞打在河面上,
永恒的时光在燃烧。林间
吹来大风。有一些风会永远
留在空中,有一些会来到人间。

大雪漫漫，冰封千里。
那些沉在水底的泽泻与芡实、
千屈菜与凤眼莲的根，
依然会在变硬的淤泥中延伸，
探寻着方向。

梦 见

有一次梦见外婆,还是
小时候的样子,没有变化。
她从浓雾弥漫的菜园里直起身,
缓缓地向我走来。
她头上的斗笠被雾气打湿,
额前的白发上缀满细小的水珠。
我一直说不清,连着我和外婆的
除了至亲的血缘,还有
别的什么?在梦中,
她渐渐向我靠近的轮廓,
她手臂上挎的菜篮,
她在大雾中为稻草人系上红绸。
如果那些不是诗歌,
我就不会紧紧盯着她年复一年
贴在灶台上的"福"符,
流下悠远的泪水。
我还梦见,她生前栽下的

香椿树,树身上流出浓浓
苦味的汁液。它们凝结在树干上,
犹疑不决的样子。
不像雨,直直地从空中落下。
像是摆脱某种痛苦。

四 月

四月的榆钱像一月的
大雪,有着同样稠密的质地。
我倾心于浮现其中的人影,
祖父祖母外公外婆都会从风中回来。
浮世缥缈,多有不记,
但月光照人从未改变。
这些年,我一直在自我抑制中
怀念过往。如同这广袤的
北方,我关心的事物仍在增加。
人世一轮又一轮,模糊着
回望的界限。那么多人一闪而过,
带着自己不曾了悟的痛苦和悲伤。
如同这个四月,记忆与辜负同质同量。
我倾心的写作仍然有效,
仍然服从于崇高智识的召唤。
沿着传承的链条,月光的清漆

涂抹着人世的裂痕，
我们深陷其中，慢慢成为对方。

源 头

很多次梦中看见晚年的
祖父,身子缩成与当时八九岁的
我一般大小。有时被父亲
用木轮车推着,有时被父亲
背着,在黄河大堤上
不停地走。他死盯着河水,
不说话,直到晚霞将
全世界淹没在深沉的黑暗中。

地平线上云雾缭绕的
盐碱地,孤独村庄里成片的
黄泥屋顶上破败的风车
如今还在艰难地转着,
每转一圈,我的心就收紧一次。
这迷惘的顶端,
是我每天都在想象的场景,
愧疚而又百感交集。

当我写诗,故乡就是
一块年少时结在身上的痂
突然被揭下来,露出凛冽的
伤口。如果在冬天,散落的雪
被风吹到河面上,像一个
心怀悬崖的人走到窗前。
有人在月光下诵经、修为,
就会有另一些人替故乡
接受惩罚,那困扰
一切的源头。

事 物

每一次傍晚,当缓慢消逝的
夕光落到我身上,我就心生顾忌。

河滩上的益母草保留着
古风的凝重与净朗,让我
有理由暂弃这不可捉摸的肉身,
去思考河面上夕光的碎影。

雾气是我喜欢的事物之一,
从地面或河面上升起,
总让我觉得某些真理就在其中。

苍穹太远,但星光很近。
大地承载了多少寂寥的无解与诱惑。

我顾忌的是,我并没有写出
更真实的悲悯与责担。

这尘世完美的循环与更替,
以及来自古老的时间通道的
字与词的沙砾。

我乐于看见更多存疑的细节,
那些迎面而来的事物。

午后的安静

盐碱地上那些碱蓬经历了
一个冬天,细碎的绒线果实还在,
仿佛某种沾沾自喜的虚荣心。
一只乌鸦站在水泥闸的
横梁上,黑色的瞳孔放大着
午后的安静。

有过许多非理性的时刻,
譬如一次次地敲开黄河的冰面
清洗双手。一次次地
站在正午的阳光下,凝视
大地上可疑的影子。

大部分记忆的根,
本身就是模糊与苦的,
而业已形成的创面并不会轻易改变。

我想让词语具备盐和碱的性质。
我想从冬天无尽的苍茫中
盯出一个饱满的轮廓或形象,
来自《诗经》,
来自"三吏""三别",
来自《朝花夕拾》。

砝 码

河道上空的积雨云飘向树林，
在草木间投下灰色的阴影。
这是天空中的你和大地上的你
互换后的情形。

大堤上断裂的枯树像忍受
无尽痛苦的病人，树皮愈加乌黑。
裂茬处冒出黄色的蘑菇，
这尘世间绝望的生之链条。

这些年倾心于梳理自己的理智，
心中突如其来的恐慌，
不断加厚着体内脂肪的羞耻学。

诗歌的功效，
就是不让回忆变味、死亡。
时间笼罩下的落雪，

像老朋友一样簇拥着,消失于消失。

但我承认,
星辰与大地的距离从未改变。
心依然等于故乡的重量,
在被惩罚的砝码上。

月朗星稀

临近中年,理智上更加
倾心于晦暗不明的事物。
比如月光垂直切入河水,
我想猜透水下的成分。
比如乌鸦在树林里嘶鸣,
究竟是不是另一种形而上的召唤?
在每一个月朗星稀的夜晚,
我深化着自己的孤独。
真理必然存在着许多共通之处,
在这广袤的北方。
云、河水以及地下绵延的冻土带,
共用陡峭的言辞延续着
《论语》和《诗三百》。
那安静的感染力如凛冽的时光之刃,
切割着过往的尘业。
我终究要被晦暗不明的事物疏离,
以写作的形式。

我在理智上另外倾心的是
古老言辞的复原和自然意义的还乡。

遗 产

枯水期的河道里砾石
此起彼伏,像是词语穿过
它自身的矛盾,涌到生活面前。

乌鸦单纯地捍卫着
与树林无可比拟的内在关系。

我还没有与尘世达成默契。
过去是现在绝对的遗产,
现在是未来模糊的遗产。

当我终于明白,文学
并不是某种想象的经验,
生活也不是。

我保持着顿悟和警醒。

一直以来，我满足于诗歌的
秘密与孤独。

迷 思

我曾在正午时分,看见
黄河边的棉田里一朵棉花
从棉壳里爆开的过程:
先是棉蕊鼓了一下,之后
从头部开始裂开,四个棉瓣里
湿漉漉的棉絮拥挤着向外
绽放。在太阳直射的那一刻,
它终于冲破将其困了
五个多月的黑暗。

昨日回乡,遇乡民离世。
送葬的队伍从狭窄的小巷里
走出来,在村庄的中心
停留一会儿,烧一些纸糊的
牛马,围着灰烬按顺时针的方向
转三圈,之后走向村外的
田野中早已挖好的土坑。

一个人在生活中的角色就此
终结,天高地远。

春天携裹着夏天的影子,
向秋天说不,在冬天漫漫的
暴雪中温习毫无征兆的初生与腐朽。
尘世永不停歇,空气中布满
沉默者的窭窄。满盈之月,
提示着古老的迷思。

陈 述

我的前世可能是一条
深夜黄河里洄游的刀鱼,
也可能是一株灰烬里长出的草。

我的今世泥沙俱下。
突入到脑海中的诗行,
真理荒诞的花边。一切初相逢
与断舍离,只为在
"黎明,挣脱一只陶罐"①

来世,就做上面那些事物
的反光吧,不再害怕折断。
像苦行僧赤足走过粗粝的村庄,
像有限的理性的沉默。

---

① 海子《黎明,一首小诗》。

镜 像

高铁穿过孤独的铁路桥,
弧光灯的光芒像上帝的眼神,
垂直映射到河面上。
在河面的反光中杨树、榆树
肩并肩站着,缓慢、严肃,
仿佛在守护一些注定要
消失的事物。

在过去某个遥远的时间点,
子路和冉耕曾提着灯笼,
小心地护着如豆的灯光,
为前面的孔子照着前行的路。
他们都有一颗水质的心,
倾向于渗透和弥漫。

我清晰地看见这些镜像,
如同看见我的迷惘。

我担心有一天这一切会变得

毫无辨识度,如同

担心人文的荒芜。

夜空低垂,星光无限接近"道"。

水面上的大火,我一个人目击。

大地在接近表象,我写下我看见的。

春 天

春天是一个陈旧的沙漏,
让时光消逝得更快。
万物在春天所能做的爱和原谅,
如今都在这儿。
万物在冬天的悲悯与哀悼,
如同隐藏在空气中的仪式,
被春天分割成细碎的片段。
豌豆花的枝芽盯着新鲜的自由,
在篱笆上攀爬。
在春风中,有木栅断裂时快乐的声响。
如同少年时,第一次趴在铁轨上,
聆听遥远火车的声音。
我坐在阳光里,用手掌遮着前额
看黄河。多么平静的场景,
河水正将某种愧疚压向河底,
我将词语压回灵魂内部。

时光消逝得如此之快,
让春天变成一个崭新的沙漏。

冬 天

冬天,踩着河面的冰行走。
天空凝滞不动,储存着光芒。
鱼在冰层下瞌睡,诗歌在
迫切地返回。人世多么浩瀚,
人多么渺小。

想起 2500 多年前鲁国的
那位灵魂工匠,七十二个弟子,
三千贤人。塑料禁闭着
电流,但他们引导着世界。

有一种愧疚总是在孤傲的
凛冽中显现。有些事物命定地
存在着,并死死盯着我。
风驱赶着乌云,
暴雪在云层中等待。

这是在黄河边度过的
又一个冬天。地下绵延的
冻土带像无形的鞭子。积雪
刚刚漫过脚踝。闭眼，
写作永远是灵魂的狙击场，
冷枪来自杜甫，来自鲁迅，
来自陈寅恪。

限 制

我钟爱一些业已消逝的瞬间,
那里面有父母年轻时的样子。

黄河滩上的益母草,大堤上
四散的羊群,它们有梦,
它们也会梦见遥远的前世。

盯着河面默然无语的,
是一个在尘世间迷失的我
与另一个在词语中清醒的我的交汇。
是一首愧疚之诗中的唯我,
无可逃遁,无可变形。

尘世上每一样具体的事物
都在限制着我。他人、时间、
骄躁的生存、河道里时而安静
时而乖戾的流水,以及

非他人的祖父祖母外公外婆,
时间带走他们时从未想过
再把他们送回来。

我依托它们的力量纠正着
写作的偏差。

十 月

月亮升起来,
银盘一样挂在天上。
河面上洒满来自远古的圣光,
来自《离骚》与《诗经》。

生活真的广阔,
坚硬而富有黏性,指向某种未知。
时常困惑于世界的突然,
我的诗歌指向生活的应然。

月光,普遍的关怀。
写作是为了从虚妄中抓住某个
有温度有亮光的事物。
我痴迷的仍然是"文以载道"。

十月,
黄河辽阔清朗,大地纲举目张。

本质的流水,让肉体的双眼
睁开了灵魂的瞳孔。

感 怀

光阴从身边流逝的情形
让我安静。我欣喜于度过了
它们,即使充满了愧疚。
还有我的影子,时光也在
伴随它衰老。但黄昏的风
会一直存在,替我的言语
和行为作证。真理不在意
重复,因为太多的人
错过了它。我在错过的
时间里写诗,我的诗行里有
化工的酸液,也有天上的雨水。
我的身体里有凛冽的悬崖,
也有母亲的白内障。
今夏多雨,黄河水滚滚而来。
仿佛我冥思苦想的事物,
正在势不可挡地迫近。
就是这缓慢而又急速的时光

教会我寻找灵魂的平衡,
像猎户座寻找合适的弧度,
送来闪电般的词语。

乌　鸦

有一年的立冬日，天空
沉重而逼仄，酝酿着暴雪。
黄河大堤像一条无法穿透的
绸带，与地下千年的冻土带保持
一致。乌鸦在桐枝间无休止地
飞行，村庄像一个巨大的
被遗弃的锅盖，覆压着
人间的烟火与寂静。

有一次黄昏，迎着霞光的
方向远眺，在无限深重的暗红里，
我看见整条黄河宽大的
河道上空成群的乌鸦，带着
它们特有的唯我、狂暴与抒情，
睥睨着不堪的世界。

去年秋天以来，重读杜甫。

大历四年的穷途,那群唐朝的
乌鸦,高悬于日暮的沅江上,
像被他命定写下的词语。
而孤独、敏感、羞涩的卡夫卡,
教会我憎恶变形后的另一个我,
虚与委蛇的我。

如果不是诗歌揪着广大
莫测的命运,如果不是那群
词语的乌鸦带来隐秘而
未竟的热情。我已走到疲惫的
中年,我的妄念,我凛冽的
歧途,让我安静于每次
落笔时的颤抖和欢愉。

杂章（1）

我们能够看到的现在，
如果不是过去虚假的幻象，
就可能是另一个更真实的过去。

树林间的乌鸦，河滩上的
益母草，它们带来自然的教喻，
让我学会自我完善。

水泥闸门和破木板上金属的锈迹，
像我们灵魂表面的癣和痂，
那苦涩的诗歌盐矿。

我们总是要的太多。
是否就是自身的欲望，
让我们丧失了与真知的纽带？

从来没有一枚硬币

会永远一面向上,但总是
向下的一面保有诗歌的秘密。

马蹄铁用对称的两端
揭示孤傲,纯净的悲伤便
独一无二。

写作就是从他者的
碎片中寻找固执的自我,
并将自我遗忘。

我和林间清凉的蝉蜕
同时在场,一起经历年代的
寂静与喧哗。

杂章（2）

不止一次，我漫步在
黄河边的柳林里，只为
一次次听风穿过树枝时的声音，
小兽们在枯叶间窸窸窣窣的声音。
只有那些，才会让我
想起诗歌的意义。

在词语中寻求庇护是我的
懦弱之一。词语在充满孩子气的
灵魂盐矿中生长。一个在内心
不停地与即将写下的诗歌
争执不休、不共戴天的诗人，
他的内心是安宁的。

此刻，夕阳西下，
天边悬着一缕春秋时的光，
一缕大唐天宝年间的光，

一缕三味书屋窗棂上的光。
需要一缕光让我们的诗歌尾随。

此刻，几只麻雀唱着它们的歌，
胜过浮世上大部分的腔调。
而孔子、杜甫与鲁迅，
如果还活在文字中，
那文学就是幸福的。

腊月怀远

雪从空中落到地上,
变成水,如同我青春到中年的
过程。这有限的苍茫,
让我与世界千丝万缕的联系
显得固执而单薄。
但我依然是认真的,
尤其是凝视黄河里如刀剑般
簇立的冰凌的时候。
我能领略到灵魂蓦然收紧的过程,
像虚空里的一根银针扎到指尖上。
形而上的疼,如同河面
冰冻之前的波纹渐渐扩大,
一圈一圈,但始终围绕着中心那个原点。
一定有某种我坚持的东西在那里。
它一定连接着一条古老的道路,
从耀眼的平庸通向造句的
凶险和牺牲的技艺。

日复一日，乌鸦的种群
掠过夕阳，向人类传递真理的悬念。
这个必然的腊月，
在黄河边怀远，与枯黄的
益母草谈论使命和抱负，
我是认真的。

下　午

下午在黄河边的槐林里漫步,
一阵疾风中落下遍地白色的槐花。

我知道槐花儿的味道,
把它揉在面中,带着微甜的苦。
像人的心,像大堤上那些
草垛苍茫的背影。

我知道,这散发着异香的
槐花雨堆积着太多的世事。

有几次,我顺着黄河的流向凝视,
感到就是那些渐渐流失的泥沙
碰疼了槐花的影子。

一代人的流沙已逝,
又一代人抓紧内心的砾石。

我已经不会再轻易地去歌唱，
因为我愧对大地上清净的万物
和夜空中孤傲的星辰。

方 向

傍晚在黄河边久坐,
看乌鸦三三两两地归巢。
粗大的叫声,让我心头发热。

西天边,晚霞开始涂抹暗红的血。
它要倾尽所有,直到呈现真理
黝黯的底色。

依然是这些我远未领悟的苍茫,
给了我恒久的恩情。
依然是钴蓝色的月影,
落进村口清水塘秘密的芦草中。

父亲坐在门洞里,沉默。
这么多年过去了,
依然是我们之间越来越少的话语,
引领着流星坠落的方向。

河道上空的乌鸦

必须承认的是,
这些年来的麻木与做作
皆出自惶恐的内心。
我记挂的东西太多了,
以致终无所教益。

傍晚,乌鸦陆续飞回来。
金色夕阳的树林里,
那一簇簇乌亮的斑点,
像生活中某段隐秘而黑暗的记忆,
也像某本从未读完的书中散乱、纠结
又自相矛盾的词语。

但它们浑然一体,从不勘证前途。
它们让我懂得:
写作并不是填塞空虚,
而是从溢满的心中拂去泡沫和杂质,

不自悲，不自欺。
是河道上空的乌鸦，
它们挥动翅膀的声音，
在夏天潮湿黏稠的空气中。

深 陷

从小时候起,我就痴迷于
那些被大人摘去果实的瓜藤
慢慢枯萎的过程,
仿佛某种隐秘的馈赠。

成年后读陶渊明、杜甫,
在暮晚的黄河边读他们内心
的禁锢与自由。
河面上痛苦的漩涡对应着
写作的司南。

如今我陷在故乡,
深陷《论语》和《诗三百》。
我已记不起故乡的炊烟断了多久,
我只知道漆黑的炉灶,
深深的底部吹来丝丝的微风。

我一直试图了悟生的内指，
我一直倾向于黄河上空的乌鸦，
执拗、叛逆，乐于苦行。
我甚至不能说我将一直深陷下去，
那些可能的奇迹。

在时光里

在时光里,我这点哀伤算得了什么?
几十年了,
心头一直保留着那道浅浅的痕迹。
那是五月里麦子花开在风中的痕迹,
那是七月里麦芒划过天空的痕迹。
一面是人世,一面是遗忘。
我保有它,
也保有一颗向下的灵魂。

在无垠的浩渺里有一部《道德经》,
我的愉悦对应着书中的明月。
比如,妈妈,
我爱你日渐浑浊的记忆
和额头上每一道皱纹里安静的尘霜,
也爱故乡雪夜的明月光。

我是一个农民的后代,

内心储藏着太多的秘密。

昨夜梦长,

空气中有青草和树芽最初的味道。

那是我的愉悦,

那是我的哀伤,

那是我恒久以来深深的迷惘。

留　白

有一次，我被大雨困在河心洲上，
只能去看林人的木屋里等待。
我和他都是沉默寡言的人，
长时间不说话。
只听见哗哗的雨声和远处
黄河里波浪翻滚的声音。
整个天空像极了一幅水墨画。
有那么一刻，天地间突然静下来，
我看见一道巨大的闪电，
从最高处直劈下来，
一霎间天空骤亮，像晚年八大
擅长的留白。
我知道，这无限高压的电流过后，
远处的河面上将浮起大片的死鱼。
它们总将白色的肚皮向上，
向这尘世留白。

投名状

从寒露到重阳,
再到霜降,仿若弹指间。
生命并未沉淀更多的耐心与智慧,
所以也未曾去珍惜。

某日,黄河边闲走,
未见心中记挂的那几只乌鸦。
好在鸦巢在不断地增高,
这隐喻般的存在,
像极了《山海经》中异兽的独眼,
冷冷地睥睨着人世的枯燥与不安。

这每一天都在纳写诗前的投名状。
河面上隐秘的漩涡,
仿佛诗歌里特有的迷惘与犹疑。
西天上,那无限稀少、渐次稀薄的光芒,
像我的直觉。

一条大河带给我的教诲
必定是化繁为简。
霜降之后一些东西将慢慢死去,
另一些还会活着。
风清云白,可名状,可寄寓来生。

认　知

必须承认的是，
我早已丧失了警觉感，
丧失了接纳一个凌空而降的
小世界的能力。
所以，今后我将以益母草为师，
重新学习伏地的技巧。

就让我再低些，
低到益母草的根部，
低到黄河尽头的腥味里。
并允许我，迟钝地
了却灵魂与肉体的那些宿怨。

我发现，
所有美的东西都是迂折的。
比如固执的河道，
再比如，匍匐的真理百转千回。

断　章

想起小时候的某个冬日夜晚，
父亲侍弄着火炉，
我伏在炉边的小木桌上写作业。
风从窗户缝里渗进来，
蜡烛滋了一下。
在我伸手扶正它的一瞬，
一滴热蜡不偏不倚落在作业本上的
"真理"两个字上。
蜡油慢慢凝固，
笔画慢慢地变深、变粗。

但它彼时的含义，我已彻底模糊。
如同那些越来越久远的深夜，
夜空中孤傲的星光，
我也一一地错过。

天　鹅

突然想去入海口看天鹅。
在春天来的路上,
我看见芦苇倾斜着身子,
而阳光,像真理闪烁。

那缓缓波动的海面上
有我业已失去的悲哀和勇气。
我渴望天鹅出现。
我想要的人性正在衰老,
但我必须服从。

什么样的词会随波纹漾出?
细密、猛烈,
如沉重的心跳般传过来,
像整个海面一样闪着光?

当我写诗,

当我营造一个小世界,
以星光的格局和志向。
天鹅让旧迹凋零,
也让一颗心倍显孤独。

午 后

黄河大堤上疾行的人,
田野里发呆的人。
午后的光落在万物身上,
人世间微小的欢戚与深浅。

所有不可知的如水银泻地。
而可知的,如转瞬之欲。

我接受一条大河隐秘的心跳,
如同接受内心的神祇,
并宁可放弃外在的千山和万水。

我准备好了在梦里返乡,
在书房里洞悉天下,
在秋风中目送归鸿,清泪满裳。

谜 团

立春日，黄河边万籁俱寂，
树林里乌鸦也默不作声，
它们懂得尊重自然，
也赢得了自然的尊重。
有没有一种学科，
研究我们正在经历的生活？
或者，解开附在我们
身上的谵妄的谜团？
当我们并不缺乏走马观花般的
反思和悲伤，
更不缺乏一往无返的耽溺和沉沦。
眼前的这条大河，
河面上参差、突兀的冰凌，
像无影灯下锋利的手术刀，
直接对应着我空洞的视网膜。
我能感觉到，
在天与地长时间的缄默里，

有一种幽暗的事物。

在夕阳的余晖里，

有一些词语组成诗篇。

禁 忌

我沉溺于某些过往的痕迹,
追索它们像灵魂一样的永久性。
比方儿时见到的那些牛,
背部常年被套索磨破、生疮,
有时候,背脊骨都清晰可见,
却依然在地里不停地劳作。
我生生地记得,
它们拉着缄默的犁铧,
突然间倒地不起。
任凭主人怎么狠狠地鞭笞,
却再也起不来了。
死亡对人类是禁忌,
对它们不是。
但就是那些构成写作的准绳,
教会我从诗歌中求得
疲惫与安宁。

大 雪

大雪日的早晨,又相遇
坡边菜地里的稻草人,脖子上
春天系的红绸已经发黑。
但仿佛就是那些陈旧的黑
赋予它生命,让我的想象力
耽于某种神秘的误解。

远处有女声在清唱:
"草木岁月晚,关河霜雪清"。
应该是杜甫的《送远》,
但四下里并未见人。
这世上所有事物的归宿都是寂静,
就像半空中堆积的大雪
将天地融合。

当我终于学会了把事物
放在更广大的脉络中去思考,

我开始明白,
我写下的所有诗歌并不比
未写出的更真实,
而人类也并不比菜地里的稻草人
更有意义。

北风呼啸而来,河面上
冰凌起伏,地下的冻土带在
缓慢地延伸。
写作的意义在于重铸天真的通天塔,
在于修远与悔悟。
一个酝酿大雪的早晨,
我在黄河边削足适履、刻舟求剑,
校正生活的尺牍。

恩　赐

我倾心于那些简陋而清新的事物。
比如父亲和稻草人
在夕阳下紧紧贴在一起的影子。
它们平铺在大地上，
从平行到重叠，再到消失。

比如清风朗月、万水千山，
这些古老的真理让我战战兢兢，
让我的写作不敢轻举妄动。

有没有一种能够取消时间的
语言，或者恩赐，
那样我和父亲就会处在永恒的界点上。
它们像诗歌的最高境界，
长存我心。

我追求的永远是与人性交融的写作，

我想有一颗更接近于道德的灵魂。

我用逃不掉的命运保存着

过往的底片,并等待它们被曝光。

愿 望

我想记住那些该铭记的,
忘记那些该遗忘的。
我想做一道光,一条
跃出水面又无声落下的鱼。
我想把父母的爱情写成
很美的歌,让蟋蟀
和蝈蝈传唱。我想学习
真正的拘谨,在接近
真理的时候,无可怀疑。
我想让祖国再轻盈些,
像风中飘过来的老茶的气息,
耐人寻味。
我想在万类依稀中重组命运,
像那棵枯死的老树,最后
变成月亮、星星,
借着真理的微光,
走阳关道,过赵州桥。

我想我们的孩子们狂野、自由、不惧,
但必须继承诗歌的力量,
懂得质疑,也懂得戛然而止。

那一年

那一年,从梦里移植
一株赤杨,栽种在黄河大堤旁。
那跟随而至的乌鸦,
将巨大的巢筑在其上。
与万物亦步亦趋,与梦互通因果,
释放着隐喻的力量。

作为大地巫术的一种,
益母草顶着冰凌钻出地面。
它要向幽深的尘世索取安静。

总是这样,两个世界
在乌鸦的迟疑中进行了秘密地交换。
我奢求的自觉在远处闪着微光,
像高天上依次划来的流星。

流 逝

一年年，
河水拒绝不了的黄压向两岸。
无数的秘密从峭壁上剥落，
沉积在胸。
压低，再压低，
内心如此疼痛，
类似诗歌的无知与莽撞。

天上，
白云苍狗、青龙偃月。
我挚爱的元素如此高蹈，
那心灵的迷雾。

每到黄昏，
这低与高就会交割，
交换着乡愁的形状，
如水土在缓慢地流失。

每到秋风落尽,
我一遍遍聆听一只蟋蟀
迟暮、沙哑的家国情怀。
这入世的痛苦,
如出世般无助,也无限。

辜负

我总是在夕阳西下的
晦暗时段中看清人世抽象的
繁荣。之后,
益母草将在月光下醒来,
畅饮甘霖的静寂。
而黄河翻卷一年又一年陈旧的乡愁,
类似晚年的父亲,
一遍又一遍抚看我幼年的照片。
尘世上没有什么能阻碍
血缘在万物间的传递。
也没有一只乌鸦会辜负
深夜云层背后隐隐的雷声。

计 算

在这片无限熟悉的疆界里，
大地与大堤如何相减，
才能得出我命运的负数？
我追求的是沉浸在下面的那部分生活，
如同初春的山涧中，
野刀鱼在黄昏的每一次低洄。
或者是深陷淤泥中的枯枝桠，
如真理横亘在人世的浮面，
散开、又聚拢。
生活，生生地活着。
名利与爱欲的加减乘除，
最终如河水溢出大堤，
满地纠结的一盘散沙。
从少年到青年的不羁，
如今及至中年的夕阳，
以诗为歌，不能自拔。

渡　桥

我在废弃的渡桥上失神。
十几年了,它像一首过时的诗,
被抛在这里。

与它对应的只有浑浊的黄河水。
与它对应的,
只有这些年我狼狈不堪的生活。

夕光送来真理的同时,
也丰富了乌鸦的内心。

时光不可阻挡,
但我们的诗,应该缓一缓了。

习　惯

当我想写诗的时候，
我习惯于将书房的灯关一会儿，
靠在椅背上，沉浸
在黑暗里。有时候也习惯于
长长地吸一口气，
再缓缓地呼出来。

多少年了，沉浸在
那些脆弱、安静而又固执的
生活片段中，
如同沉浸于一段古怪的爱情。

从小时候，攥着母亲的衣襟赶夜路，
到现在渐渐步入中年的越来越臃肿的
人性的困惑与迷途。

三月纪事

每年农历三月最后的
那些夜晚,我都会被炭火
一样的梦魇缠绕。

那是冰冷的黄河刀鱼
洄游的日子,
那是一段空洞而遥远的历程
弥漫内心的日子,
庄严、安静。

那些水中的异端,
指尖泣血的苦行僧,
终生都在寻找一团令人窒息的火焰。

大多数时候,我总是
情不自禁地回味梦里的深邃,
其中的奥秘我仍有诸多不解。

如果我是人群中迥异的
那个,我感到荣光。

日 记

冬日在黄河边观冰,
北风净冽。单调稀薄的
肉体并没有发生质的改变,
但量在增加或减少,
其间夹杂着晦暗的徒劳。
我明晓自身的质地,
尚可短时间研习月光,
但做不到长时间宠辱两忘。
一场大雪带来的可能
渐渐清晰:河道里冰凌在加厚,
如人性的帷幔渐渐拉开。
自然与人伦,都在其中潜移默化。
一直以来,我沉湎于
沉重的荣誉,忽视了世俗的落日。
我也曾深陷复杂的私念,
忸怩于万物投到地上的暗影,
所以并未活成自己想活的样子。

我终究是一个看客，
不比河面上傲立的芦与荻：
冰凌上面的部分不曾低头祈求，
冰凌下面的部分死死地
抓着黑暗的淤泥。
这世间总有一些倔强的灵魂，
保持着有限的清晰度，
提示我穿透这孤凉的人世，
接受命运赐予的刻薄与屈辱。
诗歌的任务不过是收集
这些命运的碎片，
再交给流水或者飞雪。
我已预备了足够的耐心，
在这个天晴的冬日来应对一个
断句里信仰的忧伤。

沉 思

长时间以来，我试图
找到更深层次的方向和意义，
来揭示一种理解，
无关逻辑，只关乎到达。

如同那些砂石裸露在河床上，
在草未长出之前，
它们总会在太阳下反射出
稀奇古怪的光线，
仿佛我对生活的另外的看法。

事实上，我缺乏的正是
这些简单事物的美学指向。
这么多年了，
我一直将世界视觉化。
比方说：曾经，
我沉溺于凝视缺席的事物；

我也曾长时间将词语当成诱饵，
试图汲取未来的欲望，
却忽视了安静只来自日常的伤害
和过往的虚度。

现在，河面在毫无察觉中
缓慢地下降，
如同我作为人在阳光下
现出原形的过程。
它预示着：
诗歌需要锐化，也需要失败，
但不需要矫饰。

秋风将至

秋风将至,
入世的痛苦,
不是将一首诗写得更好,
而是在诗外聆听一只蟋蟀的家国情怀。

一轮皓月当空,
清冷的光辉依旧洒在人间。
这一次,
大地的辽阔深含着无限缩小的秘密。

秋风将至啊!
再次来到黄河边,
寻找那些迷失已久的古典情感。
这些年,
允许自己缓慢而偏执地成长是对的。

允许风月入心,

重新缔造词语的勇气，
向外在的山水要回内在的苍茫，
是对的。

三　月

三月，河滩上的水苇
开始有选择地返绿。
总是那些妄念少的先一步抽芽，
它们鹤立鸡群、洁净轻盈。
另外一些类似于我，
沉溺于过剩的欲念，
不能自拔。

尘世中，
每一个词语都是我的障碍。
仿佛困顿已久，造句不堪一击，
尤其是面对星光的时候。

惊 蛰

这古老的节气,
载着秘密的骨殖,如约而来。
我总在这一天中恰如其分的时刻
重新明确自己的立场。

我清楚,我的灵魂
与生活仍存在那么多的阴暗面。
它们像傍晚的蝙蝠一样,
紧贴着我的呼吸。

我的困难在于:
我熟知自己的厌倦,
却在生活中不能自拔。
这个节气的困难在于:
它已向人类呈现它的内质,
却始终被曲解。

那让我依然留在滞障中的，
不是怀疑，
是无休止的妄念与欲求。

断　章

已是一年中最冷的时候，
我看见河道里旋起的疾风
让两根露出冰面的残存的芦苇
纠缠在一起，
像一首诗中两个落难的词语。

悲哀的高处，鸦巢漫漶，
那伟大而嘶哑的啼鸣在减弱。
这世界不缺乏沦丧。
如果诗歌不能改变世界，
真理遥远而模糊的背影也不能。

太多的不能铸就我的原乡，
让我渴望的事物享有生铁的质地。
内部的冷渴望相逢，
在安静中寻求更纯的安静，
在冬天等待下一个遍地白银的冬天。

隆 冬

在隆冬,黄河渐渐
冰封的过程,是另一种
清白的汉字之音。

一朵枯萎的桐花
倒挂在枝干上,
甚于人类整体的悲伤。

冰层下,泥沙
在冲撞、流亡,未曾停息过,
这是它们的原则和病,不可救药。

我向颤抖的茅草鞠躬。
我向冻僵的乌鸦鞠躬。
我向山河的影子鞠躬。

我想再哭一次,

在逆向的风里凝视星光，
为古老的汉语。

冬日午后

午后风骤，
胸腔内传来丝丝的隐忧。
想起昨夜苦读鲁迅，
多年的台灯终于熬断了钨丝。
那至暗一刻，
幸有窗棂间透进的星光。
何为劫数，
何又为定数？
只是这些年，
满目的词语愈加生涩。
我本渴望午间阳暖，
晒一晒这浮世，
但奈不过这突变的气象。
入冬一十七天，
来黄河边四次，河水依然浑浊。
连阴天，无以成诗，
一切皆已被我辜负。

黄　河

河边的树，
每到黄昏，满身的树疤
便开始晦暗地生长，
而益母草在地表幽暗地生长。
这两种暗，都带有
人世的凝重与遥远。

水中的沙，
与大堤相爱相杀。
这些真理的继承者，
冷静地观察着世界的变幻。

当我一次次被黄河水灼伤，
我也一次次深信，
就是万物表面那些
宿命、温暖而细密的孤寂
指引着我。

而写诗,不过是
一艘木船沤烂在黄昏的泥水里,
看不见的部分,联结着
词语的通天塔。

立 秋

从灌木丛中攀缘而出的
牵牛花,即将枯萎的花瓣里蓄满了
雨水,像贾岛偶得的诗句,
而被雨淋湿的黄河更像一位母亲。

在黄昏,我惊异于
这些发乎自然的事物的内质
隐秘、精确地到来,
那些持久并骇人的优雅与悲戚。

悲哀是我与故乡的分界线,
秋天用来愤怒。
那些书页间无名的潜行者,
造就了星光的质地。

那些被荻花掩埋的尸骨,

杨树上浓郁而漆黑的痂瘢，
那些高傲的淤泥与虫卵。

谷 雨

谷雨日，
黄河两岸温度骤升。
我从看林人的小木屋后走过，
拐角处那棵不知何年何月
被雷电劈过的榆树还在，
像一截乌黑的木炭。
旁边的小树郁郁葱葱，像个孩子。
这突兀而对立的场景
让我想起某部经书里的造句。
总是那些深陷于生活的
冲突与挣扎让我着迷。
不仅仅出于我笃信命运的习性，
它更多地出自：
因笃信太深，注定无法逃脱。

价 值

这些黄河水的价值
在于深深地过滤了俗世的夕阳。
千百年来,
泥沙已经堆积成向上的深渊。

我写了那么多诗,
但格局太小。
大部分仅仅指向关云长的青龙偃月,
曹孟德的沧海碣石。

只有极少的部分,
指向了乡村里苦闷的炊烟、苍白的父母。
幸亏没有做交易的天分,
我尚可保留纸页间琐碎的价值。

如同盛大的黄河水,
从不计较胜负得失。

写作的法度就是重铸天真的通天塔,
我掬起一捧泥沙,
过头三尺。

有 寄

立秋日的黄河有隐世之美,
在沸腾的凌霄和蜀葵间
想到雾霭弥漫的村子,
夜霜将于不久之后结满前窗。

那些被我虚度的,来自
灵魂的意旨。当我并不是
因为错过一个又一个布道者
而愈发感到困惑,当我并不总能
回到保持信念的事物上去。

是的,灵魂从不跟肉体
直接谈话。总是那些不被关注的
迷茫的事物考验着我。
某种叫不出名字的暗红色的浆果,
于寂静无声中爆裂。

阳光透过涂彩的云层照见
太硬的额骨、手上沉默的静脉
和褶皱。河面上严肃的
旋涡像文学的幻化，
有虎纹的荒凉与隐秘。

黄河记

大雪之夜,
我录下了空中钴蓝的烈焰,
偷偷载入灵魂的内存。

少年时就已启动的
绿皮火车穿过茫茫雪野,
仍未有停下的意图。
它载走的,就是我想表达的。

在钢铁般生活的律例
与写作的十万道场之间,
我仍倾向于后者。

我要凭助从河水中
借来的焦炭度过北方
漫漫的寒冬。

我要凭助信的力量，
一点一点恢复古老的言辞，
那自负的悬崖与深渊。

北 斗

北斗高悬、大雪蔽野，
冰封的黄河寂静无声。
庚子年冬月十四的夜晚，
我在大堤上无限接近这沸腾的场景。

体内的枯木，眼中的盐。
大地珍惜着那些成为纪念碑的
事物和人。
我多么严肃地爱着星光。
它一步三杀，
枯木与盐皆为惩罚。

写作，
那诱人的迷境，
庇护我。

那忠诚与痛苦的源头。

卷 四

磨 镜

磨镜（1）

从孔孟起，
幽寂的黄昏不曾变过。
而河水的多寡，
亦不能明证真理的变数。
我在二十一世纪的黄河边磨石为镜，
倾听远古传来的悠远回声。

这些年，
我未曾将生活与使命分开。
晴天望远、阴雨怀古，
苍老的亲人皆化为背景。
他们提示我为诗要有山河之意，
字与词本天道所托。

我用磨镜代替修远。
那悲伤的来由，
是我深爱这草木与人的世界。

立地成佛,可靠的勇气。
林中蝉拼命嘶鸣,
迎接又一个枯木的秋天。

磨镜（2）

枯水期的黄河，
河道遍布从上游冲下来的砾石，
像一片瘦削而苦涩的袖珍森林。
乌鸦喜欢飞到上面，
停一会又陆续地飞走。

从中捡拾一块，
磨成想象中的镜子。
我知道磨镜的过程是幽深的，
如鸦鸣的指向，
自由与意志、悲伤与星光。

但我的诗歌是肤浅的，
对自身的先天不足越来越熟视无睹。
更要命的是，
对道与德的亲切感在
渐渐空泛与消失。

这个霜降日的下午,
在黄河边自证自悟:
这条浑黄的长毯并不多于刍狗之哀。
这个急速的尘世适于磨镜,
适于立意,也适于牺牲。

磨镜（3）

写作是徒劳的，
它只为现实增加了虚构的隐喻。

鸦鸣是惊心的，
它为倒挂的生存带来顿悟的薄刃。

在黄河边，
做一个隐形的磨镜人，
将西西弗斯的巨石磨成
月牙般的镜子。

我不曾冀求命运的反转，
我只企望内心的神秘。
神秘的激情像针尖一样
贯穿悲伤的记忆。

当安逸感在增加，

当我们慢慢成为丧失了
原乡的缅怀者。

那磨镜的危险,
恰恰来自我们不服从的逻辑。
如同承受预判的过程,
无聊而安静。

磨镜（4）

在黄河边，
会看见一个古老国家的遗影。
会想起很多人，
像坠满霜迹的基因链条，
在时光中推移递嬗，
直到大雪纷至。

在黄河边会有鸦群
在大雪中翻飞。
黑压压的，像一个莫比乌斯坏。
也像是古老的词语缠绕着
穿过自身。

在黄河边接受
鸦鸣的礼遇和真理的预判，
并相信一株干枯的益母草的神秘。

在黄河边,听孔仲尼说,
"逝者如斯夫,不舍昼夜。"

在先贤的气息中学习
将石头磨成镜子的技艺。
学会忆史,
修正自己发育不良的灵魂。

磨镜（5）

有一种古老的鲸类，
至今依然保存着百万年前
对远古人类的善意，
从不刻意去伤害现在的人类。
但人类却被欲望
侵占了记忆，甚至
已经记不住上一刻的悲伤了。

这是我在黄河边
磨镜的少数理由之一。

磨镜（6）

一只乌鸦脱离了鸦群，
朝相反的方向飞。
阳光暗下去之后，
天边悬着一朵孤云。

因为对真知的迷恋，
我长存敬畏之心。
遣词造句，死盯着命运的沙漏。

那天下午，大雾
从黄河北岸的树林里慢慢渗出来。
紧接着是天空的晦暗，
像上苍把沉重的爱推向人间。

父亲们早已活成山水的样子，
故园些许的脉络。
黄河边散落的星星般的田地，

像胎记一样固执。

这些年,
我经历的无非是
将一块石头磨成镜子的过程。
我信任那过程中的虚妄,
那些我尚可领会的爱与悲伤。

磨镜（7）

多少年过去了，
命运扔给我的扫帚并没有变成魔杖，
但其中循环的隐喻仍令我着迷。

我一直坚信，
高天上的北斗，那隐秘的星阵
一定与灵魂的救赎密切相关。

在鸦群即将归巢的时候，
浓密的树林将天空和大地割开。
像某种宽容，
将内心和内心的罪愆隔开。

诗歌最终反照出的并不是现实，
而是现实的缺陷。
可悲的乌鸦，它们停止嘶鸣后的寂静，
令我畏惧、神往。

在黄河边磨镜,
用镜中的深渊来容纳过往经验中
最痛苦的部分。

磨镜（8）

悲伤是装不出来的，
如同浅薄一直附在我的身上。

此刻，在黄河边磨镜。
两个自我，岸上的和投到水面上的。

一个自我沉默，
另一个仰视星光，写诗和做梦。

一直以来，我只与
事关真理的事物相爱相杀。

一直以来，诗人们掩耳盗铃。
病人们刻舟求剑。

我喜欢镜子和镜子的反面，
病人不喜欢医生。

磨镜（9）

河道在恒久的沉寂中
像树脂一样凝滞。
废弃的古渡口，
类似于某段哲学中可靠的隐喻，
提示我正确道路的意义。

我终究没有活成儿时
想象的样子。人性的谜题，
半生也未曾解开。
但答案明明就在那里，
令人羞愧的时光，
像夜空中的北斗一样清晰。

在日落时分磨镜，
在词语的碎屑中揣摩
一条大河内部的真理。
一个俗世所能撑起的精神

高度多么有限。

当我一次次被热衷偏废,
这轻佻的当下。

磨镜（10）

夜空中，星光在反刍
它一直以来对澄明的朝奉。
孔孟不信任逻辑，
如同嵇康们拒绝俗规。
幸好河边的一切未被这俗世沾染，
依然保留着禁忌。

关于牺牲，
我承认至今未谙其髓。
信仰的账单，我一直亏欠。
虽然我执着于新鲜而危险的词句，
并从中汲取安宁。

夜如镜，我磨。
河水干涸，我悲哀。
洄游的刀鱼奔向真理，我渡劫。

秘密被公开,我获得了
牺牲与苟活的差别。

磨镜（11）

如果我能自警于
这人间的泛滥，如果
我能品味出星光的苦。

时光总是太挑剔，
督促我把肉体活成了悬崖。

当我远未领会生活的意义，
万物已经退回到隐喻。

我想要的透彻都在
黄昏的鸦鸣里，我想做的
归零在勇气里。

我想把记忆里的一盏
油灯当成全部的故乡。我想
有一个月光般的来世。

词语孤高,诗句清淡。

我歌且怀,不计生生遥远。

磨镜（12）

沾满尘土的高羊茅
和三叶草匍匐在河滩上，
它们反方向的目光中
是深陷于悖论的我。

当生活在逻辑的
手腕下倾向于拘谨，
当直觉日益被边缘，
道德被物欲带着转弯。

我清楚孤独的可贵，
空荡荡的河道里传来清净的回声。
我面对的如果不是一缕秋风，
就是整个秋天。

如果诗歌不能改变世界，
人类千秋万代的接力意义何在？

如果《论语》不是真理,
我们因何寻找路的尽头?

我在河滩上磨镜。
益母草和金线莲在刻舟求剑。
草叶上反射着我们
热衷的幻象。

磨镜（13）

我目睹父亲走下大堤打水，
一桶一桶地浇着
他新开辟出来的菜地。

一条刀鱼洄游穿过整个黄河下游，
它的沧桑执拗人类不懂。

我蘸着黄河水磨镜，
抵御整个秋天的泛滥。
我想在磨镜的过程中
看到事物更隐秘的一面。

夕阳坠落时，
尚未成型的石镜闪了一下。
我磨。
我决定把星光磨出血来，
在真理尚未插手之际。

磨镜（14）

在黄河边磨镜，
将一块石头磨成水的形状。

许多年，习惯了随型附形，
像橡皮泥一样活着。

忘记了少年时的初衷
因何一步步丧失。
忘记了五月的麦子花因何盛开。

多么喜欢那些小孩
刚入人世的样子。也喜欢
蒲松龄再也未曾醒来时做的梦。

一个人，是否注定要
迷一段路，求一些泛滥
而无用的，才会回来磨镜？

才会在黄河边的密林里痛哭，
直到惊飞无辜的乌鸦？

有一年冬天茫茫大雪，
被磨弯的石头初现镜子的形状。

磨镜（15）

真理总是由犹疑的事物组成，
比如细节上的磨镜，
断断续续地映现出孔子的讲经堂。
那时的人多么虔诚啊，
从不端着。而我们
却从事物的核心里学会了装。

昨晚的雨还在云层里堆着，
像一个年代一样深谋远虑。
如果这类似于黄河边孤独的修行者，
他对当下的转喻
如同近在咫尺的自我辩护。
终究是需要结论的：
那镜子磨得越薄，
真理的歧义就会越深。

所以我相信，

对世俗的抗体，
只能从世俗中取得。
深入这个俗世，借助自洁的灵魂。
那磨镜时的空寂，
像青苔沿着大堤绵延了几百公里。
我清楚的是，
千万不能溺于具体。

磨镜（16）

已经活到身心理智的年龄，
已经知道唯有沉默
才能揭开日常生活的面纱。

有多少是敷衍的，
就有多少安静统摄着
自我的倨傲。

一个欲望无厌的年代，
词语山穷水尽。我在黄河边
学会了将石头磨成镜子。

"愿望和忧虑无处不在，
阻碍着你通向基本的真理。"
说得多好啊，尤内斯库。

在无边的节气里

磨镜。路过的人都说
我在忆史。

磨镜（17）

在白日梦里抽刀断水。
在万木枯索的黄河边磨石为镜。
在暮秋，磨出天地之忧。

那被低估的恶，依然在丛生。
在恶中修远，在词语的内部造句，
昭示我还世界以安静的苦心。

人人都在沉沦，
我且在沉沦中长歌当哭。
我且从镜中磨出松鹤古琴，
为无尽的沉沦焚香招魂。

君子当自强啊！
那些母语的音和词已陪我半生。
在史和鉴中磨镜，
看彤云飞渡古老的良心。

磨镜（18）

那只乌鸦飞越黄河时
划出的弧线有真理之美。

生活总是在不经意间
指鹿为马，前仆后继。

作为一个天生的迷路者，
我的肉体不足以和一个节气抗衡。

我要的风轻云淡还在远处。
如同悲哀在河面上聚集。

那尚未沾染这个时代心机
与喧嚷的，那一阵紧一阵的蝉鸣。

我有立地成佛的指向与决心。
这悲伤的来由。

河水以往如故,
叠加俗世的深渊。

现在,每一刻都是人世的
严重时刻,危如累卵。

我要磨一面诚实的镜子,
映现灵魂的记忆与炭火。

我要借助乌鸦的双眼,
看见午后的闪电和黄昏的大雨。

磨镜（19）

九月，天空
扔给我一块温良的石头。
我将蘸着黄河水把它磨成石镜。

命运扔给我的
还有另外一个死结，
自我软弱的幻象。

我知道时间和历史
会宽恕一切，但镜子不能。

我知道诗歌是
另一门荒谬的艺术，
抽象、脆弱，
提供了我持续怀疑的能力。
但镜子也能。

那些高傲的词语，
来自珍稀的道德辞典。
我孤独而自满地
凝视镜子里的星光。

在九月，谁说我
写下诗句不是为了
劈开石头，看见自己
单调、固执的心？

跋

马累近期诗歌简论

草树

山东诗人马累近年来持续书写黄河：诗集《黄河记》《内部的雪》以及近来在刊物上发表的诸多散作。对于马累来说，黄河是他的出生地，他的童年所在，也是他个人的传统——当然也是所有诗人的传统。百年新诗以打倒传统始，但是隔不了多久，就会出现相反的声音。新诗写作就像一个单摆，摆动在传统和现代之间。从卞之琳的《距离的组织》到柏桦的《在清朝》，诗人们从来没有放弃接续传统的努力。当诗人面对黄河，在某种意义上，就是面对传统，面对一个更为具体的历史时空。1988年诗人伊沙写出《车过黄河》，此诗备受争议，但也许正因为争议而"存活"下来，成为20世纪80年代先锋文学运动的一个标志性符号。"列车正经过黄河／我正在厕所小便／我知道这不该／我应该坐在窗前／或站在车门旁边／左手叉腰／右手作眉檐／眺望／像个伟人／至少像个诗人／想点河上的事情／或历史的陈账／那时人们都在眺望／我在厕所里／时间很长／现在这时间属于我／我等了一天一夜／只一泡尿功夫／黄河已经远去"，此诗就其风格而言有明显的后现代主义特征，反讽姿态显而易见。在诗人的观念里，黄河作为中华民族的母亲河，无疑是中华文明的合适象征。而以往文学对黄河的书写充满空洞无物的溢美之词，黄河只是作为一个语言符号，无不被引向一种崇高美学。因此诗人的姿态，无非是这一过往文学的观念的嘲讽，并含着诗歌写作必须强调身体、日常和在场的先锋文学理念。不论怎样，就诗的艺术本质而言，此诗同样沦为阿Q式的尴尬，只不过是"我们先前——比你阔得多啦！你算是什么东西！"的反证而已，因为它建立在一个反对对象基础上，其动因是认识论的，本身并不具有诗性，不能成为一种独立自主的、富有诗意的语言形式。

上世纪80年代的先锋文学运动反传统、反崇高，是针对1949年以来的革命浪漫主义和70年代末期朦胧诗的现代主义。有趣的是，在百年新诗的历程中，有关黄河的诗篇，20世纪30年代抗战的背景下诞生的《黄河大合唱》，在风格上是浪漫主义的——雄浑、激昂、充满爱国主义的激情，但它因和时代或"现时"切合而具有不容置疑的现代性的价值，故堪称经典。之后关于黄河的抒情，从不完全的梳理来看，就陷入空洞无物的崇高美学，尤其主体性的丧失，使黄河的书写变成一种意义的再生产，一种陈词滥调的反复复制。20世纪80年代的先锋文学运动虽然具有极端性——诚然历史上的先锋派历来如此，比如20世纪初的达达主义或50年代的垮掉派运动，昙花一现是它们的共同特征，但80年代先锋文学反传统、反崇高的意义是十分重大的。

新世纪20年，新诗写作转向真正的当代诗的写作，即是说写作的当代性逐步呈现出来。诗人们考虑更多的，不是传统和现代的"古今之争"，而是立足于自我的人的存在和文化身份属性的思考。正是在这样的写作趋势中，马累的诗以黄河为背景，表现出某种"古典性"。如《回乡》呈现的图景："正门上贴着秦琼，有时／是程咬金。我们少年时代的／英雄，并一直深居心底。／现在想起来，那阴暗的堂屋里／暗淡的中堂，条几上方／挂着祖先模糊的画像。"在某种意义上，它同样是已然逝去的过去，是经过四十年伟大的民族复兴或轰轰烈烈的城市化运动之后，"我"对"我"的过去的审视，诗的语调流露出淡淡的忧伤，显然其背后有着审美现代性视野的渗透。对于如今的故乡，马累深知它不可能是当初的故乡，也只不过是一个古典性的象征。《在人间》描述的那个乡土世界依然和"我"共存，但是精神上明显有了疏离，"风吹麻了我们的脸颊。／那些微弱的光像从天上掉下来的／星星，更像是我们曾经思念的／一些人的眼睛，我们互相看着。我对女儿说，那就是人间"。诗人显然对那个和谐、自然的世界充满眷念，隐含着一种天人合一的理想，但是他当然也深知，无论他更不要说女儿，都无法回到那个世界，对"人间"的指认意味着诗人有一个"出乎其外"的视角。

对于马累来说，先锋姿态不是他的写作题中应有之义，相反在他的世界观蕴含着一种"古典性"对"现代性"的打量，他试图在语言中建立一种历史性的视野，对记忆的沉浸，使他的诗的语调带着浓厚的怀旧色彩和伤感，因为有些事物已然消失，只有在语言中重新建立那个流逝的世界。"五一桥"见证过"我"的童年、人民公社和"每一个革命的白天"，当然也和"我"一同见证过一个重要的时刻："村里的哑巴结婚了/他牵着瘸腿的新娘从桥上走过/脸上挂满幸福的泪水"——在这里，"五一桥"成为一个瞬间永恒的诗性空间，它蕴含的美学不再是精英文学的立场，如波德莱尔之前的新古典主义文学，而是有着一个满含同情的平民视角，甚至可以说是一个"仁者爱人"的视角。哑巴和瘸子被纳入美学的视野，诗的"不言"使得诗本身摆脱了现代主义的确定性倾向，而趋向后现代主义的不确定性，不是认识论的而是本体论的："五一桥"在此进入一个多义性的空间。正如一千二百八十四年前，王维在黄河边写下《使至塞上》，"单车欲问边，属国过居延。征蓬出汉塞，归雁入胡天。大漠孤烟直，长河落日圆。萧关逢候骑，都护在燕然。"若忽略"征蓬"和"归雁"此类借代性的修辞和五言格律的形式，诗之词与物的关系的建立，完全来自语言形式本身。这一年（公元737年）春天，王维以监察御史的身份奉使凉州，出塞宣慰，察访军情，并任河西节度使判官，实际上是被排挤出朝廷。一路上乘车向边关，过居延。所谓"征蓬""归雁"者，只是感叹失意的修辞而已，而非真正所见实景，真正诉诸"语言的观看和倾听"的，是在萧关，听到"候骑"说都护在前线（燕然），一时看见"大漠孤烟直。长河落日圆"。大漠孤烟者，烽火也，烟之不直而直，落日之不圆而圆，正是不可能之可能，是想象的真实，它曲折而直接地呈现了诗人那一刻的欣慰之内心：朝廷充满算计于口舌，边将冒死戍守于前线。此诗寓奇崛于平实之中，妙在"不言"。反观马累《五一桥》，同样有着鲜明的语言边界，不言而意在言外，两者相比只是其诗性一诉诸自然，一诉诸人文，其语言本体论意义上的方法论是一致的。

在黄河的"上游"，站立着无数杰出的诗人，他们有着语言本体论的先天自觉，尽管那个时代还没有"本体论"的概念，他们推崇的是"天人合一，情景交融"的古典美学。如果将他们的诗歌也称为零度写作，那他们效法的自然不是什么罗兰·巴特，而是伟大的庄子之"天地有大美而不言，四时有明法而不议，万物有成理而不说"。公元723年，35岁的王之涣写下千古名篇《登鹳雀楼》，"白日依山尽，黄河入海流。欲穷千里目，更上一层楼。"为什么"站得高看得远"这样的常识性表达不能获得美学的首肯，就在于它言之无物。诗的前两句的浩阔深远和后两句的依情境之感发，形成绝妙并置，或按庄子之说，前者为地籁，后者为人籁，而成天籁之音。按照现代诗学来看，它是在瞬时性的"现时"建立了一个诗意空间，是瞬时永恒的空间性诗学。反观马累的写作，在我看来，《晚风》同样可以纳入这个空间诗学的体系——

一个儿子用濡湿的

毛巾为柴门前斜躺在
竹椅上的老母亲
擦脸，擦胳膊。轻轻地
擦静脉曲张的腿。

黄河在他家门口
不远处缓缓流着。

晚风多么干净。

　　唯一不同的是，这是分镜头的叙事：两个镜头并置于一个特定语境。一个儿子为老母亲擦澡，它蕴含的孝道文化是古典的，也是当下的，此刻黄河的流淌就有了不言自来的历史感。"晚风多么干净"，说出来也罢，这仍是一个立足具体情境"就事论事"的感叹，它和门前那一幅象征着孝道的无声图景，是兴会的而非"捆绑的"，诗的微妙，正在于这各自独立又内在呼应的"兴会"。

　　我们处身其中的时代正在进入一个拟像的信息化时代，微信和抖音早已超越"尺幅千里"的境界，在这个时代，"欲穷千里目"，无须再"更上一层楼"。符号和图像不再和"真实"世界相符，不断创造一种属于其自身的"超真实"。无怪乎韩东深深感叹，这个世界已经没有真实可言，剩下的是我们如何去理解世

287

界。"在理解范围内世界可能即是语言的。但在交流共生的范围内,世界绝不仅仅是语言的。人虽然是理解的动物,但在理解之上和之下他仍然蔓延滋生。之下,有其庞大的存在性根须。之上,则倾向于超自然绝对永恒的天空。"马累相信真实、真理。他笔下反复出现的乌鸦及鸦巢,被他赋予明确的意义。"天越来越暗,/夜色中的鸦巢也越来越高/有时,真理就那么简单:/乌鸦的快乐是寂静,/我的快乐是爱上寂静。"乌鸦这只一直飞翔在意义的晦暗不明中的鸟,命运多舛,它在马累笔下获得了确指。马累的写作总是在现代主义和后现代主义之间游移,在确定性诗学和不确定性诗学之间,他可能更多选择前者,将某种古典性和普适性寓于一种类似前现代的、农耕文明色彩浓厚的人文图景中。但我更欣赏他实施了"自我放弃"原则的写作,那些"不言之诗"。"模仿超自然就是自我放弃。在人的艺术创造中,在其最终极的境遇中就是如此。放弃自我不仅是要放弃写什么的思虑,同时也要放弃怎么写的执着。这放弃是全面的,也是困难的。自觉的艺术家所有的努力最终都集中于此。"韩东说的超自然即是道,是上帝,是无,是存在之本源,显然与老子的观念是相通的。由此不难看出确定性的诗学是认识论的,在语言风格上表现为历时性的叙述或论述,命名是捆绑式的,而不确定性诗学则是存在论的,无中生有,听命于语言而由语言口授一首诗,尽可能规避写作主体的立法意志,在风格上则是描述性的,即便借用惯例也是解构的和反讽的,甚至戏拟。

马累的《诗篇·4》让我想起李白的《公无渡河》。他也写过古渡口，但那首《古渡口》显然是一种感伤的浪漫主义，远没有"在泥闸边"发生的日常生长出的某种庄严的诗性令人动容。马累的《诗篇·4》与我们那位伟大先贤之不同在于，它是现时的，当下的，或者说一种尚未消失的记忆性存在，而《公无渡河》是一种超时间性或古老易经所论及的同时性存在。"黄河西来决昆仑，咆哮万里触龙门。波滔天，尧咨嗟。大禹理百川，儿啼不窥家。杀湍湮洪水，九州始蚕麻。其害乃去，茫然风沙。被发之叟狂而痴，清晨临流欲奚为。旁人不惜妻止之，公无渡河苦渡之。虎可搏，河难凭，公果溺死流海湄。有长鲸白齿若雪山，公乎公乎挂罥于其间。箜篌所悲竟不还。"按照现代诗学的观念看来，它超越了"此时此地"，建构了一种整体性视野下的浪漫主义图景，但是在这里"浪漫主义"的含义仅限于指涉诗人非凡的想象力，比如，"黄河西来决昆仑，咆哮万里触龙门。"尤其"有长鲸白齿若雪山，公乎公乎挂罥于其间"。大禹治水，九州耕种，狂叟渡河，无人惜之，唯其妻阻止而不能吹箜篌以哀之。诗以夸张笔调，将古典性的"惯例"寓于一种现代性（影射现实）之中，颇有后现代之戏拟风格，诗中无论"尧咨嗟"或强渡黄河的"公"不羁形象，都有着现实映射和自况的意味。再来看马累的诗——

"午饭后，陪父亲 / 去大堤上散步。走到 / 废弃的水泥闸边的 / 时候，看见不远处的 / 荒野里，一辆牛车 / 陷在了坭坑里。我们 /

赶紧跑过去，打草/的乡亲正焦急地甩着/鞭子，狠狠地抽打/拉车的老牛。那头牛/那么老了，身上的毛/都快掉光了，露出大片/白矾一样的皮肤。/鼻圈除了深陷在肉里的/部分，其他都生满了铁锈。/干冷的空气中，它/每喘一口气，嘴边都会/升起一团白雾，如/那些干草燃透后剩下的/灰烬的颜色。我们使劲地/推着车帮，父亲还/喊起了年轻时干农活的号子。当我目送着/他们颤颤巍巍地走远，/荒野里空余两道/深深的车辙。/父亲蹲在地上咳嗽了好一阵。/他也老了。我能感觉到，/在我们之间，有某种/只可意会的秘密，像/身边的黄河一样向/远方曼延。"

诗得自于凝视。只有凝视下才有细节的鲜明和凸出，这凸出的部分即是情感的累积，它远超过浪漫主义的高声抒情，尽管它如此克制，甚至抑制。父子俩推车的行动并没有付诸指认性的命名，而是以其自身定义了"仁"，我们也可以说，它还可以定义现代性视野下更多相关的价值观念。黄河在此成了历史性的背景，它和李白笔下的黄河同样呼应了某种令人眷恋的"古典性"，不言而意在言外。

当诗人面对黄河，即是面对传统，更是面对传统的当下。"传统是具有广泛得多的意义的东西。它不是继承得到的，你如要得到它，必须用很大的劳力。首先它含有历史的意识……历史的意识不但使人写作时有他自己那一代的背景，而且还要感到从荷马以来欧洲整个的文学及其本国整个的文学有一个同时的存在，组成一个同时的局面。这个历史的意识是对于永久的意识，也是对于暂时的意识,也是对于永久和暂时结合起来的意识。就是这个意识是一个作家成为传统性的。同时也就是这个意识是一个作家最敏锐地意识到自己在时间中的地位,自己和当代的关系。"一个诗人面对传统写作,有着更为惊人的难度。我们要唤醒那个血缘里的"传统",必须付出更加艰巨的劳动。创造了"科吉特先生"和杰出诗篇《阿波罗和马尔西斯》的赫贝特也感叹,"'文化遗产'是我们常用的一个词,可是文化不是机械地被继承的——像房产那样可以从父辈那里接过手来。相反,传统必须靠汗水劳作才能获得,必须靠我们自己去征服、去确认。"

马累的黄河系列的写作,有着巨大的价值。被现代主义和文化体制隔绝已久的"古典性",是值得我们秉持的,或者说有待于诗人去擦去灰尘,让它们重放光芒。

马累的写作,是以人的尺度——理解,感受和想象,去接近这个像黄河一样古老的传统,就像他童年接近黄河一样。

2021.2.19 于长沙

作为精神还乡的诗歌

阿甲

相较于现代科技的发明创新，商品社会的驰骛炫奇，心灵总是缓慢的，安静的。人文的核心不是新新顿起的流变，而是那不变之"常"。一切超越了往昔"文明"的所谓人文"创新"，只是"用"之新，不是"体"之新，"体"是寂然不动之物，"体"无新旧。但"体"又是托住人心根底的托底之物。没有这个托底之物，"人"会解体，沦为"物"，沦为没有根底的漂浮之沫，被拘在丧失本心的苦境之中。人文的作用，岂可小觑。现代社会，是人被外物裹挟，遗忘人之根基的社会，逐新务奇的背后，是对人心之"常"的出离。《道德经》言："天物芸芸，各复归于其根。归根曰静，是谓复命。复命曰常，知常曰明。不知常，妄作，凶。"习诗，就是返回"常"的世界，就是让漂浮的人心不断返回根底的努力，习诗，就是一次次的精神返乡。

对于诗人马累而言，这种返乡是双重意义上的。

马累出生于山东，是传统儒教精神的发祥地，礼乐诗书，自小耳濡目染，那些文明的教益渗透在日常生活的方方面面，"积金千两，不如明解经书，""忘怨积德，人善天不欺，""空气中充满了生母般的爱意。"这些来自乡野的温良教育出于文明的源头，马累得益于这种"原乡的恩宠"。一种古典诗教传统是从孔子删定"诗三百"开始的，自此始，一个崇诗、习诗、诗性生活的河道便从汉语的源头敞开来，所谓"不习诗，无以言"，而夫子"删诗书，定礼乐，赞周易，修春秋"，也让《诗》成为"六经"之一，成为敦人伦，助教化，致良善的"国教"。马累的胞衣之地，也是汉文明的原乡，对马累而言，习诗，就是返回汉语精神的"原乡"，返回文明之本。

古人称谓写诗，不叫诗歌"创作"，而称之为"习诗"，"习"者，学而时习之，温习之谓，"习诗"者，"诗"本已在，通过学习履践，让"诗"在生命里"敞开"出来的意思，而不是现代诗人所言的"创作"。"创"是无中生有，"习"是温习已有，已有无有之间，可见古人今人心性之变，无中生有的东西，没有根基的东西，哪能打动人心。"习诗"则不然，"习诗"是让已有的东西"敞开"出来，蒙蔽的真性真情豁亮出来，那是显现生命根底的东西，是"人同此心，心同此理"的东西，所以才会打动人，感化人。所以真正的"诗"，不是靠知识和想象力堆垒出来的"七宝楼台"，而只是当下一点，见真性，见真情的那几句话，那一滴水。马累是极少数不努力"创作"而不断"习诗"的诗人，马累在不断返回生命的"原乡"，"对原乡之神的敬畏，让我每写一首诗，就重返人间一次。"这样的诗歌，当然品格不凡，感恩，虔敬，有涌自内心的诚实和力量。

马累诗歌打动人之处，首先是他性情上的端正。性情人人都有，而端正不易得，世道浇漓，加之各种现代知识基本上都是趋外的工具理性知识，本性很容易被蒙蔽，被遗忘，被无明所障。现今之时，葆有性情之纯比掌握各类艰深知识难得多，我们的知识教育，从幼儿园起，便是先把人带入"物"的世界，"进步"的世界，"成功学"的世界，而不是"心"的世界。一个在现代知识体系中学习、工作、生活着的人，面对诸种现实境遇，还有脱壳而出的能力，还有反躬自省的能力，还有心性的纯良，那是"诗"的馈赠，那是一个诗人听从内心的召唤，从"物"的世界里，不断回退的声音。马累的诗歌，是"回退之诗"，因为在"物"的世界，只有回退，才能返回端正。马累的诗里，能看到温良恭俭，能看到孝道，那条从源头而来不曾干涸掉的文明之河。他反复书写黄河岸边的故乡，反复书写那些田野，星空，稻草人，以及格言警句般的乌鸦，书写父亲，母亲，一个黄河边上农家的日常，哀叹那些一去不复返的事物，"我不敢／开口，仿佛一说话／一个时代就会过去"（《故乡》），"我怕一旦睡去／连极少的事物／都会消失"（《乌鸦2》）。故乡是文明之地，也是心灵安抚之地，是一个习俗、祖先和遗训还在被供奉着的土风淳厚的世界，是一个可以将现代世界的焦虑暂时放下的退身之地。但这样一个世界，其实也已渐行渐远了。马累说："时代太猛烈，生活太迅疾"，返回现实中的"故乡"，已日渐显得艰难，资本的裹挟，权力的裹挟，在一次次断掉诗人的"望乡"之路。"许多年，月光消失／在泥水中，乌鸦消失／在枝叶间，人消失／在无名里，触摸过我的／词语，消失于火热／的生活，敬畏消失于／无知和浅薄。"（《巨石诗章》）。

马累是生活的有心人，他像珍藏先人的衣冠一样珍藏着苦累生活中那些闪耀着生命本真的时刻。黄河作为华夏文明的象征，它不仅是一个哺育的母亲的形象，它更是一个苦难的母亲的形象，历史的沉浮，生活的苦楚，人心的隐忍，都在她苦熬中静候着的原型里，马累的诗歌，就是一个黄河之子，生活在母亲身边的絮语。一个有"母亲"的人才有平静的视野和安稳的内心。海德格尔说："诗乃是一个历史性民族的原语言（Ursprache）。"在马累这里，这种"原语言"就是"仁爱、孝悌"，就是"乌鸦有反哺之义，羊有跪乳之恩，马无欺母之心"，就是"诗三百，一言以蔽之，曰思无邪"。因此，马累是一个有根底的诗人，无论世事如何变幻，有一块能够稳坐于其上的"巨石"。

有没有真正能够稳住自己内心的"根底"，是区分一个诗人是否步入成熟写作的标志。一个成熟写作的诗人，必是一个反身"根底"有所担负的人，是不断建立诗性"持存"的人，是一个达于精神的宁静和干净的人。马累的"根底"，是生活的"根底"，更是性情的"根底"，放眼四周，人的生存一再被卷入"物的占有、利的算计、欲的放纵"之地，一个精神性被消解掉的人，一个被世界"物"化的人，一个走着走着意义便被抽空奔忙在自身之外的人，他只是路过这个世界，而未真正"生活"过。罗伯特·勃莱说："生活在自身之外，就是一种死亡。"马累的诗歌，是一次次的精神还乡，是一次次的眷顾打量，有对落在每一个卑微生命身上苦难的怜惜，有对艰辛生活里亲情人情之暖的回味，有对古老文明当代命运的思考，更多的，是落在事物之上细微目光里的仁慈和温情。那些关乎乡土生活的日常叙事，以农事计时的方式，以二十四节气的节律，言述着他对文明母体的忠诚。舍弃了"远方"，归于当下。像米勒的画作，能看见色彩、笔触上闪耀的善良，能看见温情恬淡的原乡之光，能看见晚祷声中落幕的故土的苍凉。

宅心仁厚而不诡诈，性情纯良而不驳杂，这是马累诗人的形象，辞气简约而寄情闳深，义理晓畅而志不曲隐，这是马累诗歌的形象，《文心雕龙》"宗经"之章有言："致根柢槃深，枝叶峻茂。辞约而旨丰，事近而喻远。"

《诗含神雾》释诗曰："诗者，天地之心，君德之祖，百福之宗，万物之户也。""诗者，持也，以手维持，则承负之义，谓以手承下而抱负之。在于敦厚之教，自持其心，讽刺之道，可以扶持邦家者也。"习诗，又岂是小事。

2021 年 3 月 5 日　西宁